À MOI DE CHOISIR

L'auteur

Née à Rabat, au Maroc, **Anne-Marie Pol** a eu une enfance et une adolescence voyageuses. Cette vie nomade l'a empêchée d'accomplir son rêve : être ballerine. Elle a vécu en Espagne où elle a travaillé comme mannequin pendant une dizaine d'années. En 1980, de retour à Paris, après des études théâtrales à la Sorbonne, elle se décide à réaliser un autre grand rêve : écrire. Son premier roman paraît en 1986. Depuis, elle a écrit de nombreux livres, dont certains sont maintenant traduits en plusieurs langues. Ses ouvrages sont publiés chez Flammarion, Hachette, Grasset et à l'Archipel.

Site de l'auteur :
www.annemarie-pol.fr.

Vous êtes nombreux à nous écrire
et vous aimez les livres de la série

Danse!

Adressez votre courrier à :
Pocket Jeunesse, 12, avenue d'Italie, 75013 Paris.
Nous vous répondrons et transmettrons
vos lettres à l'auteur.

Anne-Marie Pol

Danse !

À moi de choisir

POCKET JEUNESSE
PKJ·

Malgré leurs noms de famille empruntés à l'histoire du ballet, les personnages de ce roman sont fictifs. Toute ressemblance entre eux et des personnes existant, ou ayant existé, est le fruit du hasard.

Loi n° 49 956 du 16 juillet 1949 sur les publications destinées à la jeunesse : janvier 2012.

© 2000, éditions Pocket Jeunesse,
département d'Univers Poche
© 2012, éditions Pocket Jeunesse, département d'Univers Poche,
pour la présente édition
ISBN : 978-2-266-23303-3

Tu danses,
tu as dansé,
tu rêves de danser...
Rejoins vite Nina et ses amis.
Et partage avec eux
la passion de la danse...

*Pour Yvette Bouland-Vinay,
Carmina Ocaña
et Ivan Dragadzé,
mes professeurs*

Résumé de DANSE ! n° 1 :
Nina, graine d'étoile

Nina Fabbri (treize ans) veut devenir danseuse. En souvenir de sa maman, et parce qu'elle aime la danse plus que tout. Son père, Olivier – pas d'accord au départ – se laisse fléchir par son courage et sa détermination. Aidée par les parents de Zita Gardel, sa meilleure amie, elle entre comme boursière dans la classe des Vertes (les moyennes) à l'école Camargo.

Tout irait pour le mieux si son père ne lui imposait pas Odile, une jeune femme qu'il vient de rencontrer…

1
Ma nouvelle vie

La course !

Tous les jours, à peine tourné le coin de la rue, je me mets à cavaler. Je ne peux pas m'en empêcher. L'idée d'arriver en retard à l'école Camargo me rend malade. Même si j'y suis toujours avec un bon quart d'heure d'avance.

« Nina Fabbri, ne t'angoisse pas comme ça... »

Mais, impossible de faire autrement ! Mon estomac pince, mes mollets fourmillent... et je pique mon sprint quotidien. Quand on est boursière[1], on ne peut pas se permettre le

---

1. Nina a été admise à l'école à titre gratuit. Mme Camargo emploie le mot de « boursier » pour désigner les élèves dans son cas.

« couci-couça ». Être réglo est une façon de dire merci à ceux qui vous font confiance. Qu'est-ce que je ferais si Natividad Camargo ne m'avait pas permis de danser sans payer ? Je me le demande… ou, plutôt, je le sais ! Je serais séparée de Zita, ma grande amie… et, surtout, je continuerais à suivre un cours de nullardes ! L'horreur !

Essoufflée, je pousse la porte cochère. Elle ouvre sur la cour de notre vieil hôtel particulier en forme de U. Autrefois, des dames en robes à paniers s'y pavanaient, maintenant des danseuses les ont remplacées, qui virevoltent. C'est mieux – à mon avis. J'adore cet endroit un peu délabré. En face, sous la visière d'un toit d'ardoise, une volée de marches usées grimpe aux studios de répétition. À droite se trouve le domicile de Mme Camargo et, à gauche, l'école.

Des notes de musique s'égrènent derrière la porte vitrée. Je sautille jusque-là de pavé en pavé – ils sont d'époque et un peu bombés – en tendant bien les pointes. Quand on veut devenir ballerine, on ne perd pas une occasion de travailler !

J'entre en lançant à tue-tête :
– Bonjour, madame Suzette !

La (vieille) dame de confiance de Natividad Camargo est retranchée derrière le comptoir d'accueil, le nez pointé sur l'écran de l'ordinateur. « Ne pas déranger », indique clairement son front plissé par la réflexion. Elle me répond à peine. Mais Coppélia, le bichon maltais de la patronne, trotte vers moi en remuant la queue à cent à l'heure. Sans un aboiement. À peine un couinement de joie. Mme Suzette en sursaute.

— Un miracle ! dit-elle, les yeux ronds.

D'habitude, la chienne hurle à la mort dès que la porte s'ouvre. Sauf quand c'est moi. Et personne n'y comprend rien. Je me baisse pour la caresser, en chuchotant :

— On s'aime bien, toutes les deux…

Coppélia se renverse sur le dos, pattes en l'air. Je grattouille son ventre blanc, ponctué de tétines roses. Elle grogne de satisfaction. Ça me fait rire. À cet instant, le battant s'entrebâille…

Ouaaah !

La bestiole bondit sur ses pattes et s'égosille. À cause d'Alice, qui claque la porte dans un fracas de verre tremblotant.

— Bonjou-our !

— Tu ne peux pas faire moins de bruit ? ronchonne Mme Suzette.

Mais c'est du faux, je le sais. Elle la préfère aux autres. Ça se voit. Yeux bleus, teint de porcelaine, cheveux de paille jaune, Alice Adam ressemble à une poupée. Tout le monde la remarque, ou la regarde. Elle est superbelle. En plus, à quatorze ans, elle s'habille comme une grande personne. Là, avec sa cloche de velours et son long manteau noir, on dirait une actrice du cinéma d'autrefois. Une espèce de Greta Garbo.

Que je me sens « petite » à côté d'Alice ! Pourtant, je n'ai qu'un an de moins.

— Salut, Nina.

— Salut.

On s'embrasse. Mais c'est un peu du faux, aussi. Elle m'énerve. Et je l'énerve. Enfin, je crois.

— Elle est arrivée, Zita Gardel ? demande-t-elle.

Alors là, elle me crispe. Qu'est-ce que ça peut lui faire... qu'elle soit là, ou pas ? Zita est mon amie. Pas la sienne. Mais Mme Suzette répond :

— Pas encore. Vous êtes les premières des Vertes.

— Bon. Moi, je monte au vestiaire. Tu viens, Nina ?

Elle me prend pour son petit chien... ou quoi ? Je déteste qu'elle me donne des ordres. Pourtant, je la suis. Il faut bien que j'aille me déshabiller. Mais la voix de Mme Suzette me harponne...

— Hé, Nina !

... Et me ramène en arrière.

— Tu peux me rendre un petit service ?

— Si vous voulez.

Elle sort une pièce de son sac posé par terre :

— Va me chercher un café au distributeur, s'il te plaît.

Je pars sans un mot au fond du couloir. Alice ne m'attend pas.

— N'oublie pas le sucre... hein ? lance Mme Suzette.

Je marmonne un non, non. Depuis un mois que je danse à l'école, je commence à connaître ses manies ! Je reviens à petits pas, le gobelet fumant serré entre mes paumes.

— Voilà, madame Suzette.

— Merci.

Elle m'adresse un mince sourire :

— Après le cours, j'aurai besoin de toi pour remplir des enveloppes, d'accord ?

Je répète :

– D'accord.

Le moyen de faire autrement ? Quand on est boursier, on rend service. C'est la coutume. Et avec Mme Suzette, je ne risque pas de l'oublier !

Ouaaaah !

La porte ! C'est Zita ! Chouette ! On échange deux gros bisous. Que je suis contente de la voir ! Mais pas le temps de lui dire quoi que ce soit, le peloton des Vertes suit. Flavie, Amandine, Julie, Élodie et Victoria. La porte tinte. Salut... salut... salut ! Coppélia se déchaîne. Ouaaah-aah !

– Déjà que j'ai la migraine... gémit Flavie, l'air dolent.

Amandine éclate de rire :

– Alors, aujourd'hui, tu as bobo à la tête... ?

– J'y peux rien si j'ai une santé fragile.

En traînant les pieds (et la chienne rugit ouaaah !), elle se dirige vers l'escalier. Mme Suzette hausse les épaules :

– Et « ça » veut danser... ! Fleur de serre, va !

Moi, je me penche vers Coppélia :

– Allez, tais-toi.

Silence immédiat. Les autres me regardent, éberluées.

– Tu es géniale, Nina ! s'écrie Zita.

Julie me décoche son sourire pointu :

– Ouais. Si t'arrives pas à danser, tu pourras toujours dresser des caniches dans un cirque.

Quelle peste ! J'ai envie de la mordre. Mais je réponds :

– Génial ! Si j'ai besoin d'une assistante, je te ferai signe.

Elle en reste comme deux ronds de flan. Mme Suzette susurre entre ses dents :

– Qui s'y frotte s'y pique…

Puis, elle s'énerve brusquement :

– Allez ! Au lieu de dire des bêtises, montez vous changer. Je finirai par avoir le tournis, moi, entre la chienne et vous autres !

On se précipite dans l'escalier.

Derrière son bureau, la dame de confiance se met à siroter son café à petites gorgées qui font du bruit.

2
Alouette, si tu veux danser...

On débouche dans le couloir au moment où trois garçons sortent de leur vestiaire. Le plus grand, Alexandre, a bien quinze ans. Il est beau, je trouve. Très brun et pâle à la fois. Il nous croise, hautain, comme si nous étions des bébés de maternelle. Maxime le suit. Lui, il est très sympa, plutôt rigolard. Au passage, il fait un bisou à Victoria, qui rougit. Julie glousse bêtement. Celle-là...! Le troisième, c'est le petit Émile. Il me saute au cou :

– Salut, Nina.

Il a les cheveux blonds, des yeux très clairs,

mi-jaunes, mi-gris, et des taches de rousseur sur le nez. Je l'aime bien.

– Ça va, Émile ?

– Ouais. On va prendre une leçon à trois. Avec Piotr Ivanov, tu sais, le prof de l'Opéra.

– Alors, tu danses avec des grands… ?

Il sourit.

– Ouais. C'est super.

Le bel Alex se retourne, dédaigneux :

– Tu radines, moustique… ou tu dragues ?

Ah ! c'est fin ! Émile détale.

L'envie me pince le cœur. La chance ! Une leçon – presque – particulière… ! Rien de tel pour progresser. Mais inutile de la réclamer. Papa n'a pas le premier sou pour la payer. Et je me secoue. Lorsqu'on s'appelle Nina Fabbri, on ne pleurniche pas sur son sort ! On se dit : quand même[1] !

Et je me précipite dans le vestiaire avec les autres.

En trente secondes, cette grande pièce ressemble à un souk. Sacs à dos jetés sur la moquette bleue, doudounes accrochées d'une

---

1. Quand même ! Devise de Nina. Voir *Nina, graine d'étoile*, n° 1.

manche aux patères, chaussons dans tous les sens, épingles à chignon qui s'éparpillent... on n'a pas le temps de ranger ! Il faut se dépêcher maintenant. Le cours commence dans dix minutes.

– Hé ! Qui peut me prêter du gel ? glapit Amandine qui, à genoux, est en train de coiffer Élodie assise par terre.

Pas un cheveu ne doit dépasser du chignon, a ordonné Mme Camargo ! On obéit comme on peut.

– J'en ai, si tu veux, du gel..., propose Julie.

Tiens ? Mlle Langue-pointue prête quelque chose ? Je n'y crois pas !

– ... Un produit allemand supergénial !

Voilà l'explication ! Elle a tout mieux que nous et tient à le montrer. Empoignant la bombe, Amandine vaporise à tour de bras les maigres cheveux d'Élodie.

– Hé ! c'est pas du tue-cafards !

D'un revers de main indigné, Julie récupère son bien. Je lance un coup d'œil complice à Zita. Ses yeux noirs sont pleins de rire. On pense la même chose : quelle radine ! Mon amie s'écarte pour me faire une place sur le banc. J'enfile mes collants.

— Ça va, Nina ?
— Très bien.

Je suis ici grâce à elle et à sa mère. Je ne l'oublierai jamais. Zita est presque ma sœur. Non. Beaucoup mieux. On s'est choisies. Tout ça, je n'ai jamais osé le lui dire. Mais elle doit penser pareil. Je le sais.

— Et toi, Zita… ?
— Super.

À la hâte, elle entortille ses cheveux noirs dans une fine résille, y pique des épingles.

— Tu viens déjeuner à la maison, demain ?
— Si Papa est d'accord, O.K.

J'ajoute tout bas en enfilant ma tunique :

— Et il le sera. Trop content de rester tête à tête avec son Odile.

— Alors…, chuchote Zita, elle s'incruste ?

Je hoche la tête. En fait, l'apparition de cette « jeune femme » dans notre vie me fait très mal. À cause de son prénom, je l'ai surnommée le Cygne noir – comme la méchante du *Lac des cygnes*…

— Elle est là tous les week-ends.

Et je me tais. Parce que j'ai croisé le regard d'Alice. Écartelée à la seconde devant la glace, elle a l'air de s'échauffer… mais je suis sûre qu'elle tâche de nous écouter en épiant nos reflets. Julie l'épingle :

— Miroir, miroir magique, se moque-t-elle, dis-moi que je suis la plus belle de l'école Camargo…

Alice lève les yeux au ciel :

— Pauvre gourde !

— La plus belle, c'est Nina, de toute façon ! lance Victoria.

Je n'en reviens pas. Même si je me sais jolie avec mon « visage de faon », comme disait Maman. Je proteste :

— Oh ! non, c'est Zita… !

Alice replie les jambes et se lève d'un bond :

— Tu as raison.

Mon amie rougit et baisse les yeux :

— Vous êtes bêtes…

À cet instant, Mme Suzette fait irruption dans le vestiaire.

— Pas encore prêtes, les filles ? Et ce fourbi… ?

Son café lui a laissé une moustache marron. Ça nous donne envie de rire. On se retient… une seconde. Pas plus. On éclate toutes en même temps. La sonnerie retentit là-dessus. Mme Suzette glapit :

— Montez au studio !

Quand j'entre dans le studio Nijinski[1] – notre classe –, j'ai toujours l'impression d'être enfin arrivée à ma place. J'y suis chez moi. Mieux que partout ailleurs, et même qu'à la maison, bien sûr.

Ici, j'ai l'impression de respirer pour de bon. À fond. Peut-être que c'est ça, le bonheur ? Cette respiration de tout le corps qui donne presque des ailes. Dans cinq minutes, je vais m'envoler !

Je vais danser, quoi !

Je n'entends plus les autres. Je ne les vois plus. Je vais à ma place à la barre. Je me cherche dans le miroir. Je me trouve. Puis, les yeux braqués sur mon reflet, je me concentre. J'ai une image idéale dans la tête. Nina Fabbri. L'étoile. Moi. Dans quelque temps...

---

1. *Nijinski, Vaslav* (1890-1950), danseur russe d'origine polonaise. Le plus grand danseur de son époque, célèbre pour ses sauts prodigieux.

Je dois lui ressembler le plus possible, à cette image. Je me place bien « en dehors ». Pieds, chevilles, genoux, épaules, cou, tête... on dirait un inventaire bizarre ! Mais si je laisse échapper un petit détail, je suis fichue.

« Et les bras, Nina, les bras... C'est à ses bras qu'on reconnaît une étoile... »

Tout ça, Maman me le répétait toujours. Elle le chantait, même, sur l'air d'*Alouette, je te plumerai*...

« Alouette, si tu veux danser... Alouette, pense donc à tes bras... à tes pieds... à ton dos... ! »

Elle m'amusait bien, cette alouette en mille morceaux ! Parfois, ce drôle d'oiseau redevenait « ma Bichette », mon surnom.

Comme c'est loin, tout ça ! Ou très très proche ? Je ne sais plus. Dans la glace, je vois briller le cœur d'or que je ne quitte jamais. Un souvenir de Maman. Un médaillon. Dedans, il y a une petite mèche de ses cheveux blonds.

— Bonjour, les enfants.

Maître Torelli ! Il entre en coup de vent, suivant son habitude. Très maigre, le nez busqué et la chevelure blanche, je trouve qu'il ressemble à un vieux pirate à la retraite. En mieux.

— Bonjour, Maître.
— Allez, au travail ! On n'a pas de temps à perdre !

C'est sa phrase clef. Celle qui ouvre le cours. Travail. Pas de temps à perdre. Jamais de temps à perdre. Le temps est l'ennemi des danseurs.

— Monsieur Marius, ajoute-t-il, les pliés, s'il vous plaît.

Embusqué derrière son piano, notre accompagnateur plaque les accords. On n'aperçoit de lui qu'un crâne à demi déplumé, encadré de mèches pendouillantes. Mais sous ses doigts s'échappe une musique aussi pure qu'un chant d'oiseau. En l'écoutant, c'est comme si je retrouvais l'alouette de Maman…

Je m'applique.

3
RSVP

Révérence.

La leçon est terminée. Dommage ! Les dernières notes cascadent du clavier, puis se tarissent. Silence. Nous gardons la pose. Lorsque Maître Torelli dit : « Merci, les enfants », nous nous relâchons d'un coup. Il nous salue bien bas et va serrer la main du pianiste qui se lève, pierrot lunaire à lunettes. Voilà. Tous les rites sont respectés. On peut s'en aller. On ramasse nos affaires jetées sur la barre : guêtres, collants de laine, ou cache-cœurs ôtés dès qu'on a eu assez chaud. On se dirige vers la porte.

Au passage, je jette un coup d'œil au miroir : mes joues sont rouges et le tour de ma bouche très blanc. Bravo ! Ça veut dire que j'ai bien travaillé. Quand mon visage affiche ces deux couleurs, je suis fière de moi ! À mes côtés, Flavie traîne du chausson :

— Qu'est-ce que je suis fatiguée...

Je riposte :

— On l'est toutes, remarque !

— Mais moi, c'est pire.

D'accord. Restons-en là. Je ne vais pas me battre pour le titre de Moribonde n° 1 ! Cela dit, elle est pâle comme un navet. Du coup, honteuse de ma réaction, je lui demande :

— Tu as toujours mal à la tête ?

— Encore plus. Elle tourne. Une vraie toupie.

— Dès que tu mangeras quelque chose, ça ira mieux.

Et je la sème pour rejoindre Zita, coude à coude avec Alice, parmi les autres. À cet instant, la voix de Maître Torelli nous tape dans le dos :

— Nina... Zita... !

On se retourne, presque alarmées. Mais il sourit :

— Vous êtes en progrès, les deux nouvelles.

Un petit soleil m'irradie le cœur. Je bégaye — et Zita aussi :

— Merci, Maître.

Un compliment de Maître Torelli ! C'est comme les « félicitations » dans les collèges pour gens normaux. En progrès. Ces deux mots me donnent envie de danser. Encore et encore. Aujourd'hui, demain, après-demain... Toujours !

Je dévale l'escalier comme si je portais des chaussons à ressorts. On pénètre dans le fouillis bruyant du vestiaire. Les Roses – les grandes – s'y rhabillent aussi en papotant. On se faufile parmi elles jusqu'au coin où nos affaires sont entassées. On s'affale sur les bancs. J'échange un sourire radieux avec Zita. En progrès. Et Julie lance à la cantonade :

– Quelquefois, « Pappy » Torelli, il dit vraiment n'importe quoi !

Peste, peste et repeste ! Je ne lui réponds pas, car Flavie réclame d'une voix mourante :

– Laissez-moi une petite place...

Victoria se moque :

– Une « petite place » pour la dame aux camélias, une !

On se pousse. L'éternelle éclopée se case entre Zita et moi, appuie la tête au mur. Ma parole ! Ce n'est pas de la comédie. On dirait une fleur qui manque d'eau.

29

— Tu veux un sucre ? propose Alice.
— Ouiii...
— Attends, j'en ai dans mon sac ! s'écrie Élodie.

Et Amandine s'affole :
— Hé ! T'évanouis pas !
— Nooon...

Bruit de papier qu'on dépiaute. Flavie tend une main diaphane. Puis, elle croque le sucre, qui crisse sous ses dents.

— Méfie-toi, persifle Julie, ça colle des caries.

Celle-là ! Elle n'en rate pas une ! Je la fusille du regard :

— Le jour où tu diras un truc sympa...

Elle m'interrompt :

— Toi, mêle-toi de tes oignons... la boursière !

Quel mépris ! J'en ai le souffle coupé. Mais Zita réagit à ma place. Ses sourcils noirs se rejoignent en un V menaçant.

— Et alors ? dit-elle. C'est plutôt flatteur, d'obtenir une bourse.

L'autre ricane :

— Moi, ça me gênerait.

— T'inquiète... réplique Alice. Ça ne risque pas de t'arriver.

Tout le monde a compris le sous-entendu, mais Julie insiste bêtement :

– Pourquoi ?

La réponse claque.

– Tu n'es pas assez bonne.

Je n'en reviens pas. Alice prend ma défense ! Mais est-ce bien pour moi... ou juste pour embêter Julie ? En tout cas, elle a tapé dans le mille. Verte de rage, Mlle Langue-pointue bredouille :

– Cause toujours ! De toute façon, t'y connais rien... grande saucisse !

Et elle nous tourne le dos en faisant semblant de fouiller dans son sac. On ne voit plus que son maigre chignon blond, ses épaules frêles et, dans l'échancrure de sa tunique, sa colonne vertébrale qui affleure.

Elle est laide, je trouve. Du coup, j'en ai presque de la peine pour elle. Mais pas le temps de couper les cheveux en quatre : Mme Suzette fait son apparition sur le seuil.

– Nina, dit-elle, il faut que tu m'aides, tu sais, pour les enveloppes.

La tuile ! J'avais complètement oublié !

– Juste une petite demi-heure, et tu pourras rentrer chez toi.

— O.K., j'arrive.

Lorsqu'elle est partie, Julie se retourne vers moi :

— T'es boursière... ou bonniche ?

Je réponds du tac au tac :

— En tout cas, je suis moins moche que toi !

Silence de mort. Les autres sont stupéfaites. Et moi, j'ai honte. Je me sens mesquine. Mais j'ai marqué un point. Julie se tait. J'ôte mes chaussons, mon justaucorps. Je me rhabille sans la regarder.

Je l'entends renifler. Enfin... il me semble.

Une enveloppe.

Deux enveloppes, trois, huit, treize enveloppes...

Assise au bureau à côté de Mme Suzette, j'attrape un carton sur la pile de droite, je le glisse dans une enveloppe prise à la pile de gauche, que je colle à grands coups de langue.

L'école chorégraphique Camargo,

Sa directrice, Natividad Camargo del Fresno, chevalier des Arts et Lettres, Maître Serge Torelli, et l'ensemble des professeurs, vous prient d'assister à la soirée de gala, donnée le 18 décembre 1999 à la Salle Noverre, à 20 h 30.

RSVP.

Je sais déjà par cœur la formule. Celle de l'invitation au ballet de Noël – une tradition de l'école Camargo. Chaque année, ses élèves dansent pour les fêtes. Génial ! Même si cette fois-ci, Zita et moi, on va se retrouver au dernier rang du corps de ballet, parce qu'on est « nouvelles ». Mais il y a un petit détail de l'invitation qui m'échappe. *RSVP.* Qu'est-ce que ça signifie ? Je fais des suppositions...

« R comme Rêve, S... Sourire, V ça doit être Vie, et P... passion ou plaisir... ? »

Ils vont bien à la danse, ces mots-là ! Pourtant, je finis par m'informer :

– Dites, madame Suzette, ça veut dire quoi, RSVP... ?

– « Réponse s'il vous plaît », tiens !

La déception ! Mais un bruit de pas ébranle l'escalier.

– Des danseuses ? ironise Mme Suzette, plutôt un troupeau d'éléphants !

Les Vertes dégringolent les marches. Elles s'en vont. Julie passe, les dents serrées. Élodie suit en portant le sac de Flavie, que Victoria et Amandine soutiennent chacune par un bras. Mme Suzette lève les yeux au ciel :

– Quel cinéma !

Zita est la dernière, avec Alice.

– Tu viens, Nina ?

Je me lève.

– Ah ! non, s'écrie Mme Suzette, fais-moi encore quelques enveloppes.

Je me rassois.

– Excuse-moi, je dois y aller, dit Zita. À demain.

Elle se penche pour m'embrasser. Je murmure :

– À demain.

Alice l'attend en tenant la porte. Elles partent ensemble. Comme des amies. Ça me fait un peu mal au cœur. Si elles allaient se raconter plein de trucs... et ne jamais me les répéter... ?

La demi-heure est largement écoulée. Je commence à ressembler à un robot. Carton à droite, enveloppe à gauche, coup de langue. Et ça recommence. L'enfer !

Mais, c'est drôle, je n'ose pas rouspéter ; par crainte de paraître ingrate. Boursière. Je suis boursière. Il ne faut pas l'oublier. Et, à cause de Julie, j'ai maintenant l'impression que ce mot me pèse sur le dos, m'écrase un peu.

La porte vitrée s'ouvre. Un courant glacial balaie l'entrée. Venu du bureau bien fermé de Mme Camargo, l'aboiement étouffé de Coppélia traverse le mur. Des danseurs entrent, chargés de sacs. Ce sont des professionnels qui louent les studios de répétition ouvrant sur la cour.

Je les regarde avec de grands yeux.

Dire qu'ils ont déjà pris la lumière des projecteurs en pleine figure, eux, qu'ils ont entendu le fracas des applaudissements, ou qu'ils y sont même habitués, si ça se trouve !

Leur chorégraphe règle le prix du studio, Mme Suzette encaisse et lui tend une clef. Ils ressortent tous. À travers les vitres, je les vois grimper l'escalier extérieur. J'ai l'impression qu'ils embarquent dans un paquebot, prêt à appareiller pour un pays inconnu…

Mais la voix de Mme Suzette me fait sursauter :
— Hé ! Nina ! Tu bayes aux corneilles ou tu fais des enveloppes ?
Et je m'y remets !

4
Chamboulements

Enfin, elle m'a lâchée !

Je rentre chez moi. En retard. Pourtant, je sors du métro sans me presser. J'ai faim et je suis fatiguée : par la danse, les enveloppes, et plein de points d'interrogation.

Zita ? Elle aime bien Alice... ou c'est Alice qui la colle ? Papa ? Qu'est-ce qu'il dira quand je lui raconterai que mon prof me trouve en progrès... ? Bravo... ou rien ?

— Bichette !

Je me retourne d'un bloc.

— Papa !

Il sort de la boulangerie, une baguette sous le bras. Je m'arrête pour l'attendre. Il me rejoint en souriant.

— Alors, ma Bichette, c'était bien, le cours ?
— Oui. Super. Mais, excuse-moi, Mme Suzette m'a gardée un peu pour l'aider. Je suis en retard.

Il éclate de rire :

— En retard ? Je n'ai pas eu le temps de m'en apercevoir.

Autrement dit, que je sois là ou pas, c'est pareil !

— Merci. Trop gentil.

Il m'attrape par l'épaule :

— Que tu prends mal les choses, Nina ! Un vrai porc-épic.

On entre dans l'immeuble.

— En fait, ça tombe à pic que tu arrives à cette heure-ci, c'était la panique, ce matin. Tu pique-niqueras avec... nous.

Nous ? C'est-à-dire Odile et lui. Je déteste quand il l'englobe dans ce nous. J'ai l'impression qu'il vole ce mot à Maman, ou à moi. Le Cygne noir n'a rien à voir avec nous, les Fabbri. Mais Papa ne l'a pas encore compris.

J'insiste, comme si je ne connaissais pas la réponse !

— Alors, elle est là-haut... ?
— Oui. Tu verras. Il y a une surprise.

Une surprise ? Je devrais être contente, mais l'idée ne m'emballe pas.

— Elle est bonne ou... mauvaise ?

Papa lève les yeux au ciel :

— Voyons, Nina, je parle forcément d'une bonne !

N'empêche ! J'ai une sale impression. On se serre dans l'ascenseur étroit. L'odeur du pain frais me chatouille les narines. Mais je n'ai plus faim. L'annonce de la surprise m'a coupé l'appétit. J'ai même le moral à zéro.

Odile. Le Cygne noir.

Elle va m'embêter longtemps ?

On sort de l'ascenseur. Papa sonne à notre porte. Ça me fait bizarre. Je dis tout bas :

— Tu n'as pas pris la clef ?

— Non, puisque Odile est à la maison.

Logique. Et affreux. Une voix chantonne :

— J'arriiive... !

La porte s'ouvre.

— Nina ! s'écrie Odile, souriant d'une oreille à l'autre.

Je marmonne un vague bonjour. Et, saisie, je reste plantée sur le palier. L'entrée est encombrée par deux grosses valises, des cartons empilés, un lampadaire de guingois... un vrai

39

déménagement, quoi ! Voilà pourquoi mon père était débordé !

Tout ce barda, ça veut dire que...

– Odile s'installe ici, annonce Papa.

Pour une surprise, c'en est une ! Il avait raison. Sauf qu'elle est mauvaise, sa surprise ! Pire : épouvantable. De quoi pousser un cri, me précipiter dans ma chambre, claquer la porte de toutes mes forces, la fermer à double tour... !

De quoi tomber à plat ventre sur mon lit en pleurant :

– Maman...

Toc, toc... À ce petit coup sur le battant succède un murmure de Papa :

– Bichette ?

J'aboie :

– Quoi ?

– Ouvre-moi.

J'hésite une seconde. J'ai très envie d'être désagréable, odieuse, s'il le faut ; d'empoisonner sa vie, et celle du Cygne noir. Mais, en même temps, j'ai trop de peine pour batailler. J'obéis. J'ouvre la porte. Il la referme. Moi, en trois bonds, je retrouve l'abri de mon lit.

De là, une mèche sur l'œil, je regarde Papa en reniflant. Lui me regarde aussi – sans renifler. Je finis par baisser les yeux.

– Excuse-moi, dit-il, je me suis trompé.

Alors, j'ai une lueur d'espoir. Je pense :

« Il vient de mettre Odile dehors. Il nous préfère, Maman et moi... »

Et j'entends :

– Je te croyais mûre, intelligente, responsable. Je t'ai laissée danser pour cette raison. Et tu n'es qu'une gamine jalouse.

Je me remets à pleurer. Il n'a rien compris. Il n'est pas question de jalousie, mais de mémoire. Ici, avant, il y avait une très jolie dame appelée Aurore, sa femme, ma maman... et il est en train de l'oublier ! Tout ça pour une blonde navet qui porte le prénom du Cygne noir !

C'est dégoûtant.

Mais impossible de lui expliquer mon point de vue. Je pleure trop fort. J'ai bien dû verser un demi-litre de larmes en quarante secondes ! Et Papa s'en fiche.

– Sois un peu tolérante, Nina, poursuit-il, et tout ira mieux, crois-moi.

41

Il fait deux pas et m'effleure les cheveux du bout des doigts :

— Permets-moi d'être heureux à ma façon, comme tu l'es à la tienne. O.K. ?

Je lui échappe d'un coup de tête. Je le déteste. Il est nul. Dire que le bonheur, pour lui, est de roucouler avec son cygne ! Ridicule !

Je hoquette :

— Tu ferais mieux de trouver un boulot. Depuis le temps que tu...

Une gifle me fait taire. La première de ma vie ! J'en ai le souffle coupé. Je me touche la joue. Je n'y crois pas. Il m'a giflée. À cause d'Odile. Les sanglots m'étouffent.

Papa ne m'aime plus.

Il y a un silence énorme. Une espèce de dragon qui remplit ma chambre. On n'ose plus se regarder, ni parler. Au moindre mot, au plus petit coup d'œil, il risque d'éclater en rugissements ou de cracher du feu.

Et... driiing !

Le téléphone nous délivre du monstre. On entend Odile décrocher. Puis sa voix retentit à tue-tête dans le couloir :

— Nina, c'est Zita Gardel !

Super ! Je ravale mes pleurs. Après cet orage, j'ai l'impression de voir se lever un arc-en-ciel. Mais... je jette un regard méfiant à Papa. Maintenant, nous sommes en guerre, lui et moi. Alors... que va-t-il faire... ou dire ?

— Va répondre ! lance-t-il. Qu'est-ce que tu attends ?

Je murmure :

— Elle veut m'inviter pour demain... On en a déjà parlé à l'école...

Il va me refuser cette sortie, je parie. Pour me punir, ou me montrer qu'il est le plus fort. Et il hausse les épaules :

— Vas-y, chez les Gardel, et plutôt deux fois qu'une !

Gifle n° 2 ! Morale, ce coup-ci. Il est bien content de se débarrasser de moi, Papa ! Je sors, la tête haute. J'attrape le téléphone d'une main, en frottant machinalement, de l'autre, ma joue qui cuit.

— Allô, Zita ?

5

Deux + *un* = *?*

Je reprends mon souffle.

Je suis toute droite dans le cercle de lumière, au milieu de la scène. La musique éclate. Je pique de la pointe. Mais... je ne peux pas... je ne peux plus danser !

– Maman !

Je me réveille.

Mon cœur bat à 200 à l'heure. Je suis couverte de transpiration. C'était un rêve. Mon rêve. Toujours le même, depuis la mort de Maman. Je m'assois dans mon lit. Il fait presque jour. Tant mieux. Je n'ai pas envie de me rendormir.

Et je tressaille. Ma parole ! « Quelqu'un » marche dans le couloir, légèrement, en direction de ma chambre...

Je plonge sous la couette.

« Papa ! Il a des remords de m'avoir giflée, de m'avoir dit des choses méchantes... »

Ma porte s'entrouvre. On chuchote :

— Ça va, Nina ?

C'est Odile ! Elle s'approche de mon lit sur la pointe des pieds :

— Je t'ai entendue crier, dit-elle tout bas. Tu as eu un cauchemar ?

De quoi se mêle-t-elle, celle-là ? Si on ne peut plus rêver tranquille ! Je ne réponds pas. Je ne bouge pas. D'ailleurs, je dors. Elle se penche sur moi. Je me retiens de respirer. Heureusement que mon visage est à demi caché par le bord de la couette ! Seuls mes cheveux dépassent. Odile-le-Cygne-noir les frôle de la main...

Qu'est-ce qu'il lui prend ? Je serre les paupières. Elle pousse un lourd soupir, puis s'en va. Elle referme la porte avec précaution.

« Bon débarras ! »

J'ai presque envie de pleurer. Sans savoir pourquoi.

J'apporte aux Gardel un petit pot de bégonias, en promotion. Tout ce que j'ai pu acheter avec les vingt francs[1] donnés par Papa. Ce n'est pas marrant.

J'aimerais offrir des fleurs magnifiques, des fleurs multicolores qui débordent de tous les côtés comme un feu d'artifice parfumé, et je dois me contenter de ces trois corolles d'un rose insipide !

Mais quand je serai étoile, je me rattraperai ! Un peu de patience, Nina ! J'y arriverai… Quand même ! Je répète tout bas ma devise :

– Quand même !

Et je sonne à la porte des Gardel. J'adore aller chez eux, oasis de gaieté, de douceur, d'insouciance.

La porte s'ouvre à la volée :

– Nina !

– Zita !

On se saute au cou. Toute souriante, Ann Gardel sort du salon :

– Voilà notre jolie *Bichêêêtte…* ! s'écrie-t-elle, avec son accent anglais que j'adore.

---

1. *Franc* : monnaie avant 2002 en France.

47

J'adore tout, ici ! Je lui tends mes bégonias. Elle a l'air aussi contente que s'il s'agissait d'orchidées. Du coup, je les trouve moins moches ! Ann Gardel me caresse la joue :

– Il y a *un* surprise, aujourd'hui, Nina.

Une surprise… ? À vrai dire, depuis hier, ce n'est pas ce que je préfère ! Mais Zita m'entraîne :

– Allez, viens dans ma chambre, et tu verras ! dit-elle en riant.

On y va. Et j'ai un coup au cœur : la surprise, c'est Alice ! Elle se prélasse dans le fauteuil d'osier rose, celui où je m'assois d'habitude. Je bredouille :

– Ça alors… !
– Tu ne t'y attendais pas, hein… ? lance Zita, toute contente.

Franchement, non. Alice pouffe :

– Fais pas cette tête !
– Je fais aucune tête.

On s'embrasse. Bien obligées. Puis, je me pique au bord du lit. Je suis triste. Je me répète :

« Je ne suis importante pour personne. »

À la maison, on était bien, Papa et moi, tous les deux. Comme si je ne lui suffisais pas, il a rajouté quelqu'un d'autre entre nous. Maintenant, il se passe la même chose avec Zita. Elle a besoin d'une amie de plus.

Et je me demande si 2 + 1 égale vraiment 3 ? À cette minute, j'ai plutôt l'impression que ça fait zéro. Parce que je n'ai plus personne à moi.

— Tu sais quoi, Nina ? lance Zita.

Je fais l'effort de la regarder en face. Elle a les joues roses, les yeux étincelants.

— Alice a été élève à l'École de danse de l'Opéra... !

— C'est pas vrai !

— Dis donc, proteste l'intéressée, j'ai pas l'habitude de raconter des bobards.

— Bien sûr que non, mais...

L'École de danse ! Mon rêve. Le rêve de tous les apprentis danseurs. Dire qu'Alice l'a presque réalisé... ! Et je murmure :

— Pourquoi tu n'y es pas restée ?

Si je voyais passer cette chance-là, moi, je l'attraperais par les cheveux, à pleines mains, et je ne la lâcherais plus ! Alice soupire :

— Je ne supportais pas la pension.

La gourde ! Elle était dans la meilleure école du monde, et elle « ne supportait pas »... ! Il vaut mieux entendre ça que d'être sourd, dirait Mme Suzette. Quoique... non ! Tout bien réfléchi, il vaut mieux être sourd comme un pot que d'entendre une sottise pareille !

J'échange un regard plein de sous-entendus avec Zita. Et Alice comprend 5 sur 5. Elle tortille une mèche de ses longs cheveux blonds :

— C'est idiot, je sais. Mais je n'avais que dix ans, je n'arrêtais pas de pleurer. Mes parents étaient tellement loin... !

— Où ?

— À Moulins, dans l'Allier.

Zita s'étonne :

— Quand même, ce n'est pas sur la lune...

— Presque... !

Je regarde Alice avec des yeux ronds :

— Et tu n'as pas regretté... après ?

— Oh ! là, là ! Si tu savais ! s'écrie-t-elle d'un ton dramatique. Depuis quatre ans, je m'en suis mordu les doigts nuit et jour !

On éclate de rire. Cette Alice... !

— Total, conclut-elle, pour apprendre à bien danser, j'ai dû revenir à Paris... où je suis en pension !

Je m'informe :

— Et tu « supportes », maintenant ?

Elle me toise :

— Bien entendu. J'ai vieilli, ma petite.

— En plus, dit Zita, ce n'est pas une vraie pension puisque tu habites chez ta grand-mère...

Tiens ! comment connaît-elle ce détail ? Je baisse le nez. Et patati et patata..., elles se sont raconté leur vie. Dans mon dos.

— Les fîîîlles...

Mme Gardel frappe au battant :

— ... À table !

On se lève. Je ne suis pas sûre d'avoir très faim.

— Est-ce qu'il y aura un déjeuner typiquement « britiche » ? s'enquiert Alice. Par exemple, de la panse de brebis farcie, ou un truc bien horrible dans le genre ?

Je réponds plus vite que Zita :

— Penses-tu ! Ici, c'est M. Gardel qui fait la cuisine, et va-che-ment bien...

Je n'en dis pas plus. Je suis trop contente d'avoir marqué un point. Alice a pigé, j'espère, que je suis l'amie numéro un de Zita, que j'ai été invitée chez ses parents avant elle, et que je fais un peu partie de la famille !

D'ailleurs, je remarque que, soudain, Zita lui jette un regard froid. La mention du « truc bien horrible » a dû lui rester sur l'estomac. Elle est à moitié anglaise, après tout ! Tant pis pour cette gaffeuse d'Alice ! Mais lorsqu'on sort de la chambre, un délicieux fumet de quiche lorraine flotte dans le couloir.

– Super ! s'écrie Alice. J'adore ça.

Et Zita retrouve son sourire.

Finalement…

La journée ne s'est pas si mal passée ! Bien sûr, je préfère me trouver seule avec Zita. Je peux lui ressasser mes tourments. Avec quelqu'un dans nos pattes, cela n'a pas été possible… et, du coup, je n'ai plus pensé au Cygne noir ! Ça m'a fait des vacances…

Merci, Alice !

Je réfléchis. Je me demande si 2 + 1, ça ne peut pas faire 3… au fond ?

Mais j'attends pour voir.

6
Entracte

Vers 12 h 45, chaque jour (sauf le samedi), après la leçon du matin, le vestiaire se transforme en cantine-salle d'études-papotoir. Des combinaisons de laine sur nos tuniques encore humides du cours, on colonise les bancs en déballant nos provisions.

– Qu'est-ce que t'as apporté ?
– De la pizza. Et toi ?
– Une ration de riz cantonais.

Victoria s'écrie :

– Fais-moi goûter !
– Et tes kilos ?
– Pour une cuillerée...

Les voix se croisent. Les capsules des canettes

de soda cèdent avec un petit chuintement. J'aime bien ce moment-là.

Assise en tailleur par terre, le dos au mur, je mords dans un sandwich au jambon en jetant un œil à ma leçon de biologie. Je suis les cours du CNED[1]. J'essaie de travailler sérieusement, mais à la minute... mission impossible ! Il y a quelques grandes Roses avec nous. Du coup, certains garçons de leur âge ont quitté leur vestiaire pour venir discuter avec elles, à la porte du nôtre. Ils chuchotent, ils plaisantent. Ils font du bruit. Le bel Alex plus que les autres. Je parie qu'il fait son intéressant à cause de Fanny-la-Rose. « Une beauté... », comme dit Mme Suzette à tout bout de champ.

Julie pousse un soupir excédé :

— Si on peut même plus bouffer tranquilles...

— De quoi tu te mêles, musaraigne ? riposte-t-il.

Mlle Langue-pointue pique un fard, et nous, on étouffe nos rires. Elle proteste :

— C'est pas drôle.

---

1. *CNED* : Centre national d'enseignement à distance.

– Mais bien vu ! lui répond Alice.

– Oh ! ça va, toi ! Tu te prends pour quoi… ? Espèce de perche ! D'abord, tu es trop grande pour bien danser !

Zita me jette un regard mi-inquiet, mi-rigolard. D'ici qu'elles se crêpent vraiment le chignon… ! Mais la scène s'arrête net. Une voix plaintive gémit dans le couloir :

– J'voudrais bien entrer.

Tout le monde se tourne de ce côté. Et les danseurs s'écartent pour laisser passer Flavie.

– Une revenante ! s'écrie Amandine. On ne t'attendait plus.

Julie précise :

– Même, on te croyait… morte.

Toujours le mot qui plaît, celle-là ! Heureusement qu'Élodie ajoute :

– Quand on ne t'a pas vue à la leçon, on s'est fait du souci.

– J'étais chez le docteur.

– Tiens, c'est nouveau ! pouffe Victoria.

Flavie se laisse tomber sur un coin de banc, en disant d'un ton lugubre :

– Crise d'appendicite.

– Alors, pourquoi tu n'es pas à la clinique… ?

— Le ventre ouvert, précise Julie.

— L'alerte est passée ! Mais j'ai souffert... j'ai souffert...

— Tu es habituée, remarque, ironise Alice.

L'autre a un trémolo tragique :

— Si tu crois qu'on s'y fait... !

Zita lui sourit :

— L'essentiel est que tu sois là pour la répétition.

Dans le spectacle de Noël, Flavie a un petit rôle. Toutes les Vertes se demandent pourquoi elle a été choisie, mais c'est ainsi ! Maître Torelli doit aimer les « fleurs de serre » ! Elle sera notre étoile.

— J'ai pensé à ça, dit-elle, et j'ai dompté ma douleur.

En toute simplicité. Si je regarde Zita, on va se marrer... ! Alors, je mords dans mon sandwich en baissant les yeux.

« C'est génial d'être ici ! »

À l'école Camargo, j'aime tout. En bloc. De la directrice aux filles qui cancanent, en passant par Maître Torelli, Coppélia et — même — Mme Suzette. Dans ce lieu à part, je passe les moments les plus magnifiques de ma vie : je m'amuse, et je danse, danse, danse... !

« Qu'est-ce que j'y suis bien... »

Et ça, je le dis tout bas à Maman.

7
L'étoile des Vertes

Accompagnés par la voix stridente de la sonnerie, nous entrons en désordre dans le studio Taglioni[1]. Immense, il occupe le dernier étage de l'école – l'ancien grenier, sûrement. Les poutres se croisent au-dessus de nos têtes. Très haut. Tout au fond, le miroir nous guette...

Cet endroit m'intimide un peu. Sans doute parce que je vais y travailler pour la première fois ; on doit répéter certaines parties du spectacle. Il y a quelques Roses, trois ou quatre

---

1. *Taglioni*, *Marie* ou *Maria* (1804-1884), grande danseuse française d'origine italienne, née à Stockholm. Première ballerine à monter officiellement sur les pointes, elle créa *La Sylphide* en 1832.

Blanches (les bébés de huit ou neuf ans), les garçons, Alex et Maxime. Il nous faut de la place !

Basse-cour affolée, nous allons de tous les côtés pour essayer de trouver le meilleur coin à la barre. Vite, vite ! Il faut se chauffer avant la répétition. Pliés, tendus, battements... on s'y met ! Zut ! Pour être derrière Zita, je n'ai pas choisi l'idéal : juste sous la lucarne. J'entortille mon cache-cœur autour de mon cou.

— Qu'est-ce que tu as ? s'étonne-t-elle.
— La trouille du courant d'air. S'il me colle un torticolis...
— Méfie-toi, tu vas « virer Flavie » !

Elle est vexante ! Je la regarde avec stupeur. Elle me flanque un léger coup de coude :
— Hé ! je rigole !

Je soupire, soulagée :
— J'aime mieux ça.

Elle arrive à me désarçonner, quelquefois, à me déconcerter. Alors, pendant une seconde, j'ai l'impression que je ne la connais pas vraiment. Mais c'est une impression idiote. Je le sais.

Elle me souffle à l'oreille :

– J'ai hâte de voir Flavie danser sa variation[1]...

– Moi aussi !

Comment s'en tirera-t-elle ? Ça m'intrigue ! Elle a répété toute seule avec Maître Torelli et Mme Camargo – l'auteur de notre ballet de Noël – et ça va être la surprise !

En se cassant en angle droit face à la barre, les mains sur le bois, Zita fait le dos rond comme un chat pour se détendre ; ça ne l'empêche pas de chuchoter :

– C'est drôle qu'on l'ait choisie.

– Pourquoi ? Elle se débrouille superbien !

– O.K... mais Alice est mieux. Tu ne trouves pas ?

Je hausse les épaules :

– Chais pas.

En fait, si, je sais. À mon avis, Alice n'est pas meilleure que Flavie. Pourquoi l'admire-t-elle à ce point ? Il n'y a pas de quoi... et ça m'agace ! Je dis :

– Quand on aura quatorze ans, on se débrouillera aussi bien !

À cet instant, Mme Camargo franchit le seuil,

---

1. *Une variation* : un enchaînement de pas.

sa chienne sous le bras. Malgré son âge, je la trouve magnifique avec son chignon noir, ses boucles d'oreilles, et le châle de cachemire beige qui la drape aujourd'hui. Armé de son bâton, Maître Torelli lui emboîte le pas. Silence général.

Plus de ragots, de chuchotis, ou de rires étouffés.

On passe aux choses sérieuses, maintenant, à *La Valse des saisons*[1].

C'est le titre de notre ballet. Un conte de fées. Amaury, le seigneur du château (dansé par Alex), est amoureux d'une paysanne, Dorina (c'est Fanny, bien sûr), rencontrée à la fête des vendanges… mais la belle le fuit et disparaît ! Devra-t-il attendre l'année prochaine pour la retrouver à la même fête ? Ce serait trop long ! Il s'adresse à une sorcière – dansée par Maxime. Elle lui donne la fleur magique du printemps, la fleur magique de l'été, puis celle de l'automne.

---

[1]. *La Valse des saisons* : Mme Camargo s'est visiblement inspirée de *La Ronde des saisons*, ballet de Charles Lomon, créé à l'Opéra de Paris le 25 décembre 1905 sur une musique de Henri Busser, avec une chorégraphie de Hansen.

Utilisées une à une, elles lui permettront d'accélérer la course du temps, et les saisons passeront plus vite. La troisième lui ramènera sa bien-aimée, annonce la Carabosse. Mais il y a un hic : la fleur de l'hiver. Amaury-Alex ne doit jamais s'en séparer... ou ce serait la catastrophe !

Évidemment, l'amoureux va tout faire de travers !

L'histoire finira tragiquement.

Mais on n'en est pas là ! Aujourd'hui, on doit répéter le début : la scène de la fête des vendanges. Je suis une paysanne parmi d'autres. Nous sautillons, virevoltons, bondissons, jusqu'à ce que le seigneur Amaury ait le coup de foudre pour sa belle. Là, nous disparaissons en coulisses pour qu'ils dansent leur pas de deux, enfin seuls... !

En faisant de grands pliés, je récapitule dans ma tête notre enchaînement, lorsque Maître Torelli nous apostrophe :

– Ça y est ? Vous êtes assez chauds, les enfants... ? On y va !

On y va... et moi qui ai oublié de frotter mes chaussons avec la colophane ! Il ne manquerait plus que je glisse. Vite ! Je cours au bac posé par terre, à côté de la porte. Au passage, je fais une petite révérence à Mme Camargo qui s'est assise près du piano. Elle me sourit. Sous sa chaise, Coppélia bat de la queue. On dirait qu'elle me sourit aussi ! De la pointe du chausson, je casse un éclat de résine qui s'effrite en poudre blanche, en frottaille ma semelle, et je repars au galop à ma place. J'ai l'impression que notre directrice me suit des yeux...

Et j'entends tout bas :

– Quelle fayote !

Julie... ? Bien sûr. Son regard pointu est dardé sur moi. Répondre ? Non. Ce n'est pas le moment. Je retrouve ma place à côté de Zita. J'ai le cœur un peu lourd. Les gens qui voient toujours le pire, c'est moche... et dangereux, peut-être aussi... qui sait ?

« Je dois me méfier de Julie... »

Et puis je l'oublie. On va danser... Maître Torelli enclenche la cassette.

– À vous, les Vertes !

On a fini.

– Pas trop mal..., concède Maître Torelli.

Et, dans son coin, Natividad Camargo hoche la tête. Pas plus. Les encouragements sont maigres ! Est-elle contente de sa boursière... ? Pour être rassurée, un petit sourire me suffirait... ! Il ne vient pas. Tant pis.

On s'agglutine le long des barres.

La belle Dorina-Fanny entre « en scène ». On la fixe tous avec des yeux écarquillés.

« La veine... ! Danser un solo... »

Elle regarde à droite et à gauche.

– Aie l'air plus inquiète ! s'écrie Maître Torelli en arrêtant la cassette. On dirait que tu guettes l'autobus ! N'oublie pas que Dorina s'est échappée pour aller danser à la fête des vendanges, et elle a peur que sa petite sœur ne l'ait imitée... !

Toutes les Vertes se tournent du côté de Flavie. La petite sœur, c'est elle ! Elle est blanche comme une feuille de papier. Le trac ! Je la comprends. Elle doit suivre en douce la Rose, l'épier... vite se cacher... et parfois imiter sa danse... ! Si j'étais à sa place, je trembloterais de la tête aux pieds.

Et c'est reparti !

Dorina-Fanny s'élance en direction de la fête. Diagonale de piqués, déboulés effrénés, un grand jeté. Elle est super ! Ses pointes sont nettes, ses gestes précis, ses tours impeccables. La classe.

Et la voix de Maître Torelli se mélange à la musique :

— À toi, Flavie !

Un frisson d'excitation passe sur le groupe des Vertes.

Notre étoile se place, le sourire crispé. Amandine murmure :

— Elle a la trouille.
— Quelle gourde ! siffle Julie.

Flavie s'élance. Sourcils froncés, je tâche de reconnaître les pas de son enchaînement...

« Chassé... pas de bourrée... tour en dehors... détourné... pirouette en dedans... et... »

V'lan ! Elle vacille et tombe. D'un coup. On attend qu'elle se relève, elle ne bouge plus. Maître Torelli s'écrie :

— Allez ! Reprends !

Flavie ne répond pas. Il se penche sur elle et dit d'une voix blanche :

— Elle est évanouie.

Nati Camargo se lève d'un bond :

— Quoi ?

Au cri alarmé de sa maîtresse, Coppélia se met à aboyer comme une folle. Mais Flavie ne se réveille pas. On se regarde tous, effrayés.

Il vient d'arriver quelque chose de grave.

Très grave.

8
Le spectacle doit continuer

La répétition est interrompue. On nous a expédiés dans nos vestiaires. On y attend la suite, assises sur les bancs. On n'ose pas parler fort.

— Finalement, c'était pas de la blague, ses douleurs !
— Elle a dû avoir une chute de tension.
— Une chute tout court, ironise Julie.
— Toi, alors !
— Si on peut plus rigoler...
— C'est pas le moment !
— Elle a sûrement un problème de globules.
— Plutôt une maladie inconnue.
— Mince ! Si jamais on l'attrape ?

On se tait, les yeux agrandis. La sirène d'une ambulance ! Venue du bout de la rue, elle se rapproche. J'en ai la chair de poule. Ambulance = hôpital. Et hôpital = …

Soudain, j'ai froid.

À pas de loup, Élodie va à la fenêtre, écarte sournoisement le rideau.

— Mme Suzette ouvre la porte cochère… chuchote-t-elle. Ça y est, la voiture entre… Dites donc ! Les infirmiers sortent un brancard…

« Comme pour Maman… »

Alors, plein d'images me reviennent. Des images affreuses qui, d'habitude, sont enfermées dans le tiroir de ma mémoire. Il s'ouvre brusquement, et elles en dégringolent dans tous les sens. Je me mets à pleurer, la figure dans les mains. Sans pouvoir me retenir. Tant pis si les autres se moquent !

— Qu'est-ce qu'il lui prend ?
— Une crise de nerfs.
— Je savais pas que Flavie était sa copine.
— Penses-tu ! C'est pour se faire remarquer.
— Ferme-la, Julie ! s'écrie Alice.

Zita me prend par une épaule :

— Ne pleure pas…

Je hoquette :

— Tu crois que... Flavie... va mourir ?

— Mais non ! Elle a juste eu un coup de pompe.

— N'empêche... !

Je la revois par terre. Toute blanche. Une poupée disloquée.

— Allez, ne t'en fais pas, chuchote Alice en me prenant par l'autre épaule.

Et ça va mieux. Entre les deux filles, je me sens protégée.

Les mauvais souvenirs rentrent dans leur trou. Le tiroir se referme.

— Ça y est, l'ambulance s'en va, annonce Élodie.

J'essuie mon nez d'un revers de main. Je souris à Zita, puis à Alice. Je balbutie :

— Merci. Vous êtes vachement sympas... !

Alice rigole :

— On t'aime bien, que veux-tu !

Ça me fait rire. D'un rire tout fêlé. Alors... j'ai une amie de plus... pour de bon ? 2 + 1 = 3. C'est chouette ! Victoria sort de son sac une barre de Toblerone.

— Tu veux du chocolat ? Les émotions, ça creuse !

J'accepte un triangle. Elle en mange deux ou trois d'un coup. Julie pince les lèvres :

— Si tu continues, tu feras péter ton élastique de taille.

Victoria lui tire une langue barbouillée de chocolat. Les autres s'en tordent de rire. Trop fort. Elles ont eu peur, je m'en rends compte.

— On devrait écrire une belle carte à Flavie ! s'écrie tout à coup Amandine. Pour lui dire qu'on pense à elle... et tout ça !

— Bonne idée.

— Et on signerait toutes !

— Super !

— Je peux l'apporter de chez moi, la carte, propose Zita. Chaque fois que je vais en Angleterre, j'en achète des tas !

— Génial !

— Tu en as une avec des danseuses ? Ça serait bien.

— *Of course !*

Alice a une idée supplémentaire, très délicate.

— Il faudrait faire signer Fanny-la-Rose, vu qu'elles sont sœurs sur scène, dit-elle.

Mais Julie remarque d'un ton acidulé :

— Elles sont sœurs sur scène ? Dis plutôt : elles étaient.

On la regarde sans comprendre. Elle s'esclaffe :

— Bande de gourdes ! Flavie pourra pas danser le rôle. Elle est trop malade pour ça !

Zita proteste :

— Pourquoi pas ? On va la retaper à l'hôpital. Elle reviendra en pleine forme.

Une flamme venimeuse allume les yeux de Julie :

— Si tu crois qu'on va l'attendre pour répéter le ballet de Noël… !

— Bien sûr que si ! C'est son rôle et…

— Tu parles ! En ce moment, je te parie que la mère Camargo et Pappy Torelli sont en train de décider qui va la remplacer !

On n'avait pas pensé à ça ! Elle est rapide, Julie, elle a mauvais esprit, et raison peut-être aussi !

Qui sait ? Alice lui décoche un regard acéré :

— Tu te verrais bien à sa place… hein ? demande-t-elle.

Déconcertée, Julie bafouille :

— Je sais pas.

— Menteuse ! Tu ne penses qu'à ça.

Les deux filles ressemblent à des coqs prêts à se voler dans les plumes. Et, faisant irruption dans le vestiaire, Mme Suzette tombe à pic. Le pugilat n'aura pas lieu ! Pas aujourd'hui, en tout cas.

— Les Vertes, montez au studio Taglioni. Mme Camargo veut vous parler.

Silence. On a compris. Zita me colle un coup de coude. Et Julie dit entre ses dents :

— Qu'est-ce que je disais ?

Très droite au centre de la salle, Maître Torelli à ses côtés, Natividad Camargo s'explique :

— Nous sommes très tristes pour Flavie, bien sûr, mais nous savons qu'elle va guérir. Le médecin nous a tranquillisés à ce sujet.

Zita me lance un regard complice. Je lui souris.

Allons ! On va récupérer notre étoile, et tout continuera comme avant. Bien fait pour Julie !

— Hélas, reprend la directrice, nous ne pouvons pas attendre qu'elle soit en mesure de danser pour répéter. Le spectacle doit continuer. C'est la loi de notre métier. Donc, nous allons donner son rôle à une autre.

Voilà. C'est dit, et c'est presque fait. Écarlate d'émotion, les yeux luisants, Julie triomphe.

Elle a tout prévu... et s'attend à être choisie, cette tête à claques !

« Pourvu que ce ne soit pas elle ! »

Le trac me picote la peau. Quelque chose me court dans les veines. Des espèces de bulles qui pétillent :

« Et si c'était moi... moi... moi ? »

Natividad Camargo s'éclaircit la gorge :

— Nous avons pensé à...

Chacune retient son souffle. Chacune attend son nom. Et celui de l'élue retentit comme une claque sur le cœur de toutes :

— ... Alice Adam.

Celle-ci s'écrie :

— Oh ! merci, madame.

Les autres restent coites. Même Julie, le nez pointé vers le bout de ses chaussons. Moi aussi, je suis déçue. Bêtement. Je n'avais aucune chance. Je le savais ! Alors... ? Zita pousse un gros soupir. Je lui souffle à l'oreille :

— La prochaine fois...

Elle hausse les épaules, exaspérée. J'en reste ahurie. Encore une de ses réactions bizarres... que j'oublie aussitôt, Mme Camargo poursuivant son discours :

— Il faut maintenant, dit-elle, mettre quelqu'un à la place d'Alice, au premier rang des paysannes...

Elle me sourit.

— ... et ce sera Nina Fabbri.

— Oh ! s'écrie tout bas Zita.

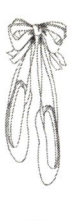

9

La roue tourne

Le bonheur !

Voilà ! C'est cela ! Lorsqu'on peut se dire : « J'ai été choisie… » Préférée, quoi ! Je me sens légère, légère… ! Je cours en sortant du métro.

« Quand je vais le lui annoncer… »

Je ne pense plus à notre dispute, ou à sa gifle, mais juste à l'étonnement de Papa. Sa fille – une débutante – qui danse au premier rang pour le spectacle de Noël… ! Magnifique ! Il éclatera de fierté, j'espère, même s'il n'y connaît rien. Quant au Cygne noir… quelle sera sa réaction ? Je ne l'imagine pas. D'ailleurs, je m'en fiche ! Odile n'a rien à dire ! N'empêche… ! Si jamais ça lui en met plein la vue, je serai bien contente !

Je n'attends pas l'ascenseur. Je grimpe l'escalier quatre à quatre. Ma clef... vite ! J'ouvre la porte.

— Papa... ?

Il me répond sur-le-champ :

— Je suis là, Bichette.

S'il me donne mon petit nom, ça va mieux ! Je me rue dans le salon. Comme d'habitude, il est assis dans le vieux fauteuil vert, avec tous ses papiers et journaux autour. Je m'élance vers lui :

— Si tu savais... !

— Dis-moi vite.

Il me prend par la taille pour m'asseoir sur ses genoux. Quel soulagement ! Il n'est plus fâché contre moi. Il a même un sourire radieux. Il est compréhensif quelquefois, Papa ! En quelques mots, je lui raconte tout. Il approuve de la tête mais, c'est bizarre, on dirait que l'événement ne le touche pas. Ça m'agace un peu. J'insiste :

— Tu sais, c'est une chance ! D'ailleurs...

Un gros soupir me gonfle la poitrine. J'ajoute :

— ... On dirait que Zita était un peu vexée, ou triste, que ce soit moi... et pas elle ! Après tout, on est entrées en même temps à l'école.

— Et alors ? La prochaine fois, ce sera son tour.

Je murmure :

— Peut-être.

S'il croit que c'est aussi simple que ça, dans la danse ! Mais je ne discute pas. Il m'embrasse sur la tempe.

— La roue tourne, tu sais.

— Ça veut dire... quoi ?

De l'index, il dessine dans l'air un cercle imaginaire :

— Que les choses passent, et que la chance finit par revenir... si jamais elle était partie !

Je ne réponds pas. C'est drôle. Mon père voit la vie comme une espèce de roue de la fortune !

— D'ailleurs, continue-t-il, j'en ai la preuve.

Il attrape une lettre dépliée au-dessus de son tas de papiers :

— Je vais te la lire. Écoute ça...

La sonnette de l'entrée l'interrompt. Trois coups, c'est Odile. La barbe ! Elle ne s'éternise pas au bureau, celle-là ! Me repoussant légèrement, Papa se lève d'un bond pour aller lui ouvrir. Moi, je me laisse glisser dans notre fauteuil. J'appuie la tête contre le tissu râpé. Je ferme les yeux.

« Si c'était Maman qui rentrait… »

Ça changerait tout ! Elle serait folle de joie. Elle me ferait valser dans ses bras. Elle dirait : « Bravo, ma Bichette… ! » Et je pourrais lui parler de Zita. Elle comprendrait. J'appuie la main sur le cœur d'or, caché sous mon pull, un tout petit peu du cœur de Maman. Du vrai, je veux dire. Pendant une minute, j'ai l'impression d'être très, très loin. J'entends à peine la voix de Papa, ni celle du Cygne noir.

Son cri perçant me fait sursauter :

— Non !

— Si ! insiste mon père.

Éclats de rire.

— C'est trop beau ! Je n'y crois pas, dit Odile.

— Moi non plus. J'ai relu la lettre dix fois.

La lettre… c'est vrai ! Je m'arrache au fauteuil, je les rejoins dans l'entrée. Sa queue de rat en bataille, ma « belle-mère » est agrippée au cou de Papa.

— Enfin… ! chevrote-t-elle.

On dirait qu'elle va pleurer. Lui aussi. Il presse sa joue contre la sienne. Je me rappelle qu'il était sur le point de me lire la lettre, et qu'à cause d'Odile il m'a complètement oubliée. Je tape du pied :

— On peut savoir ce qu'il se passe ?

Papa me regarde, ahuri :

— Bichette, mon bébé, excuse-moi.

Il lâche le Cygne noir pour m'empoigner par les épaules :

— J'ai trouvé un boulot !

À mon tour de pousser un cri, un hurlement, même.

— Super !

La roue tourne. C'est vrai. Papa a raison. Maintenant, il secoue la lettre en tous sens, en récitant :

« Nous avons le plaisir de vous confirmer que nous avons retenu votre candidature au poste de… »

On le regarde, Odile et moi, en se tordant de rire. Quel gamin, ce Papa ! Elle lui immobilise le bras :

— Arrête ! Et dis-nous de quoi il s'agit.

— Un emploi de technicien dans une grosse boîte de construction !

— Gé-nial ! s'extasie-t-elle.

En effet. C'est mieux que *demandeur d'emploi* !

Quand les Vertes parleront de ce que font leurs parents, dans le vestiaire, je ne ferai plus semblant de réviser mes leçons ou de rattacher mon chausson pour éviter les questions. J'en suis soulagée à l'avance.

— Mais, poursuit-il d'un air malicieux, vous ne savez pas le plus beau... mes poulettes.

Pour utiliser ce diminutif idiot, il doit être vraiment content ! On caquette en même temps :

— Quoi, quoi, quoi ?

Nous entraînant au salon, Papa claironne :

— Figurez-vous... Bien que française, la boîte est basée au Caire, en Égypte, et...

Odile l'interrompt :

— Tu pars là-bas... alors ?

Soudain, j'ai l'impression que la roue se remet à tourner. Dans le mauvais sens.

— Nous partons au mois de janvier, répond-il. Je vous y emmène toutes les deux. Ce n'est pas génial ?

Elle murmure :

— Un rêve...

Moi, je me tais.

La roue est en train de me passer sur le cœur.

10

Avoir un bon copain...

Cette nuit, j'ai refait mon rêve...
La musique éclate. Je pique de la pointe. Mais... je ne peux pas... je ne peux plus danser !
– Maman !

Tu sais, c'est du vrai, pas un cauchemar ! Je ne pourrai plus danser. Ils vont me forcer à partir avec eux. Au bout du monde. Dans un pays où il y a de la danse – peut-être – mais pas comme j'aime. Dans un pays où je serai très loin de toi, encore plus.

Maman !

Si je pouvais m'accrocher à ton cou, juste une seconde, ça irait mieux. Je mettrais ma joue contre la tienne. Je me laisserais flotter dans ton parfum de jasmin. Et il n'y aurait plus de problème. Je trouverais la solution. Tu me la soufflerais, n'est-ce pas, comme d'habitude ?

Je suis dans le noir. Perdue. Sans toi.

Au secours, Maman !

En marchant vers Camargo, je me sens lourde... lourde ! Mon gros souci me pèse sur l'estomac. J'ai envie de vomir. Et je serai obligée de danser avec ce poids.

Comment vais-je faire ? Je me le demande.

En tout cas, je ne dirai rien à personne. Pas question ! Si jamais on apprend que je pars, on est capable de m'ôter mon petit rôle. Quelquefois, les fêtes finies, le spectacle de Noël est réclamé dans les MJC, ou en province. Alors, plutôt que d'avoir un problème après (avec un trou à ma place au premier rang du « corps de ballet »), on m'éjectera avant ! Sûr et certain !

Je marche plus vite.

Non, je ne dirai pas un mot. À personne. Même pas à Zita. Vu sa réaction, hier, en apprenant que j'étais choisie... c'est plus prudent !

Et cette idée me serre la gorge. À m'étouffer. J'entre dans l'école.

– Tu en fais une tête ! se moque Mme Suzette. Tu n'es pas contente... ?

Je me force à sourire.

– Si. Très.

Cachée sous le bureau, Coppélia m'interpelle d'un petit jappement. Je m'accroupis.

– Ça va, toi ?
– Ouah !

Ses yeux couleur réglisse me fixent avec tendresse, je trouve. Alors, une monstrueuse envie de pleurer me suffoque. En partant, je vais quitter Coppélia... aussi. Cette idée est la goutte d'eau...

Me redressant d'un bond, je file vers les lavabos au bout du couloir. Mme Suzette glapit :

– Hé ! quelle mouche te pique ?

Et la chienne me suit au triple galop, en aboyant à tue-tête, comme si on jouait. Tu parles ! Sangloter tout mon soûl au petit coin... voilà ce dont j'ai besoin !

Impossible !

Quelqu'un me bouche le passage. Émile.

85

Planté devant la machine à bonbons. Une manie, ma parole ! Il rigole :

— Tu t'entraînes pour le marathon de Paris ?

Je renifle :

— Idiot… ! Tu me laisses passer ?

Il s'écarte. Je claque la porte. Et je pleure. Coppélia aussi, en grattant au battant. Du coup, j'ai envie de rire. Je me mouche dans un bout de papier toilette, et je ressors.

Zut ! Émile est encore là. Il me jette un regard gêné :

— Ça va, Nina ?

Je ne réponds pas. Je me baisse pour caresser la chienne… et cacher mes yeux rouges. Feinte inutile. Émile chuchote :

— Tu t'es fait engueuler ?

Je hausse les épaules. Si ce n'était que ça ! Il déchire avec ses dents un sachet de smarties.

— T'en veux ?

Décidément ! Il a toujours des bonbons pour me consoler[1]… ! Il est gentil, Émile ! J'ouvre la paume :

— Merci.

Mais c'est Coppélia qui ramasse les friandises

---

1. Voir *Nina, graine d'étoile*, n° 1.

d'un coup de langue. Ça nous fait rire. Je demande :

— Il était bien, ton cours particulier, l'autre jour ?

— Super... !

La bouche pleine, il mâchonne :

— Tu chais, che me prépare pour l'entrée au chtage de l'École de danche.

De l'Opéra, bien sûr !

Quand il y sera admis, je serai au pays des dromadaires, des momies et des pyramides ! L'horreur !

Je soupire :

— Bonne chance.

— Hé ! dis pas ça : bonne... hum ! Ça colle la... poisse !

Il prononce ce mot d'un ton lugubre. Je pouffe carrément. Il proteste :

— C'est pas drôle !

Et comme s'il s'adressait à une demeurée :

— Tu dois me dire m... ! explique-t-il. Et moi, je ne te réponds pas merci. Surtout pas.

— Pourquoi ?

— Il faut te faire un dessin... ou quoi ? Ça porte la... poisse, grosse maligne !

Il rit, puis s'enfourne une nouvelle poignée de smarties dans le bec. Je fronce les sourcils :

– Qu'est-ce que tu es gourmand ! À vingt ans, tu ressembleras à un bouddha.

– Oh ! ça me ferait mal…! Tu as vu ma… cons-ti-tu-tion ?

En effet, il ressemble davantage à un moineau maigrelet qu'à un gros patapouf ! J'ai honte de lui avoir décoché cette pique à la Mlle Langue-pointue. Il est gentil avec moi. Vraiment. Et je ferais mieux de le remercier. Parce qu'il m'a fait rire, mon gros souci pèse moins lourd. N'empêche ! Je le retrouve tout à coup, ce paquet encombrant !

« Ça aussi, ce sera fini… ! »

La halte près de la machine avec Émile, je veux dire. Et je sens que mes larmes remontent à la surface. Je murmure :

– Allez, je file au vestiaire.

Ouah-ah-ah ! Coppélia ponctue la nouvelle de quelques vocalises. Je la prends dans mes bras, et je lui jette plein de baisers sur la tête :

– Tu vas te taire, vilaine bête ?

L'embrasser me donne un peu de courage. Je m'en vais en la portant comme un bébé. Émile me rappelle :

– Hé, Nina... !

Je me retourne :

– Quoi ?

Il sourit :

– M... pour tout !

Je ne réponds pas merci (au cas où ça porterait vraiment la... hum !), mais je suis vachement touchée. Émile comprend les choses – même si on ne les lui dit pas.

C'est peut-être ça, un vrai copain ?

Au fond, ça me plairait d'en avoir un qui ne soit pas une fille. Une espèce de petit frère. Un Émile, quoi !

11
Les soucis au vestiaire

Je suis fatiguée, fatiguée, fatiguée... !
Ce doit être le contrecoup de la mauvaise nouvelle. Le petit réconfort apporté par Émile déjà oublié, je m'accroche à la barre comme à une bouée. Un premier grand plié à la seconde me coûte un effort surhumain. La suite... qu'est-ce que ça va être ! Je n'arriverai jamais à sauter, ni à tourner ; quant aux équilibres... bonjour ! J'ai l'impression que mon dos est mou, mes jambes raides (ou vice versa). Mes pieds sont crispés. Mes bras pèsent trois tonnes. J'ai froid. La musique de M. Marius ne parvient même pas à me dégeler.

— Tu te réveilles, Nina ?

De son bâton, Maître Torelli m'effleure les épaules. En rougissant, je rectifie leur position avachie.

– Et n'agrippe pas la barre de cette façon ! Tu n'es pas en train de couler.

« Si, justement ! »

– Légère, la main, légère !

La honte ! Dire qu'on doit me rappeler à l'ordre !

« Tu es tombée bien bas, ma pauvre fille ! »

Il m'assène un petit coup sur le genou :

– Ouvre-moi ça ! Tu danses le charleston[1]... ou tu fais de la danse classique ?

Je ne réponds pas : Maître Torelli se fiche de ma réponse ! Il attend que j'obéisse. Et j'obéis. J'ouvre les genoux à fond. Pourtant, il reste planté à me regarder. Ça me gêne. Surtout avec Julie qui est placée devant moi. Une fois dans le vestiaire, elle va m'expédier une vacherie. Et aujourd'hui, j'aurai du mal à l'encaisser, je le sais. D'ici que je me remette à pleurer en public... !

---

1. *Charleston* : Danse d'origine américaine datant de 1925, qui revint à la mode dans les années 70. Un de ses pas s'exécute genoux légèrement pliés.

Je me relève du grand plié.

— Nina…

Je frémis. Si Maître Torelli pouvait me lâcher un peu ! Mais non ! Il se glisse face à moi – dos à dos avec Julie. On est à dix centimètres l'un de l'autre. Presque nez à nez. Je suis obligée de le regarder en face. Ses yeux sont très clairs. Des yeux perçants d'épervier.

— Quand on danse, on ne pense à rien d'autre, me dit-il tout bas.

Son haleine sent le cachou, plutôt bon, quoi ! Il ajoute :

— Et on laisse ses soucis au vestiaire… compris ?

Je souffle :

— Oui, Maître.

— Rien ne doit t'empêcher de danser.

— Non, Maître.

Il me sourit.

— Ne t'inquiète pas. Quelquefois, la danse fait fuir les soucis… ! Ils sont si peu de chose à côté d'elle.

Je hoche poliment la tête. O.K. Il a raison en général, mais dans mon cas particulier, c'est la danse mon souci principal. Alors… ! Que faire ? Y a-t-il une solution ?

Maître Torelli me donne une petite tape sur la joue :

— Maintenant, vas-y !

Je lui fais un sourire gêné. Il a deviné que j'étais au trente-sixième dessous, parce que je dansais comme un pied...

Ça va changer !

On s'affale sur les bancs du vestiaire.

— Ouille... ouille... ouille ! gémit Élodie en ôtant ses pointes.

— Ça y est ! Elle nous fait sa Flavie.

— Ah ! c'est malin... !

— Dites... on a des nouvelles ?

— Elle va mieux.

— Comment tu le sais ?

— Sa maman a téléphoné à Mme Suzette quand j'étais à l'accueil.

— Au fait... la carte ?

— Je l'ai apportée, répond Zita.

— Montre !

— Super !

— Ces souris en tutus... elles sont trop !

— On l'écrit maintenant ?

– Bonne idée !

En bout de banc, j'écoute à peine le brouhaha des Vertes. Pendant le cours, j'ai fait un gros effort. Maintenant, je me laisse aller, tête penchée, dos rond et pieds en dedans. J'ai retrouvé mes soucis au vestiaire, moi.

– J'ai un stylo-bille doré…, dit Alice. Si on s'en servait ? Ça fera beau !

– Génial !

Elles s'affairent, discutent des mots à employer, se mettent d'accord. Appuyée sur un livre de géo, Zita écrit avec soin la formule choisie. Puis, la carte passe de main en main, le stylo aussi. Elles signent. Moi, j'ai l'impression d'être très loin. Mais je gribouille « Nina ». J'ajoute même un petit cœur au A.

Après, Victoria lit avec emphase :

« Chère Flavie,
Nous te regrettons de tout cœur. Soigne-toi bien, et reviens vite danser avec nous ! »

Julie ricane :

– Tu parles ! Y en a certaines qui aimeraient bien qu'elle revienne le plus tard possible !

Alice lui jette un regard menaçant :
— Qui ? Tu peux me dire ?
— Arrêtez, les filles ! s'écrie Amandine. Ça sert à quoi de se disputer ? Ça ne changera rien.
Julie grommelle :
— Non. Ça changera rien à l'injustice.
Elle m'énerve, tout à coup, avec ses sous-entendus ! Je m'écrie :
— De quelle injustice tu parles ? On a choisi Alice parce qu'elle danse mieux que toi. Point barre.
Pan sur son vilain museau ! Julie ne s'attendait pas à ça ! Elle en reste coite, les yeux exorbités. Alice éclate de rire. Et Victoria en profite pour lire la dernière phrase de la missive :

« *On t'envoie plein de gros gros bisous.*

Les Vertes,
Zita, Alice, Victoria, Élodie, Julie, Amandine, Nina... »

À la queue leu leu, tous ces prénoms font une jolie guirlande. Dire que le mien va en être arraché... ! Ça me rend horriblement triste.
— Oh ! la tête... ! s'esclaffe Julie. On dirait que t'as enterré toute ta famille.

Je réponds :
— Non. Juste ma mère.

Et un silence de plomb s'abat sur le vestiaire. Julie est rouge... rouge ! Une tomate ! Les autres ont l'air drôlement embêtées. Elles étaient sûrement au courant, pour Maman, mais je ne leur en avais jamais parlé.

Je baisse la tête.

Non, je ne pleurerai pas. Pas à cause de Julie !

— T'en fais pas... ! chuchote Zita en se glissant près de moi. Elle ne comprend rien à rien.

Je lui souris. J'ai l'impression d'avoir retrouvé « ma » Zita. Celle à qui je peux tout dire. Je lui souffle à l'oreille :

— Je m'en fiche, de cette peste... ! J'ai un problème bien plus grave. Si tu savais !

— Quoi ?

— Je te raconterai.

Quel soulagement ! Je vais pouvoir me confier à Zita. Rien qu'à cette idée, je me sens déjà mieux. À cet instant, Fanny-la-Rose entre dans le vestiaire.

— Tu tombes à pic ! s'écrie Amandine.

Victoria lui colle la carte sous le nez :
— Signe ici !

– Un autographe… ? Si tu crois que j'en donne à n'importe qui !

Elle rigole. Nous aussi. Et l'atmosphère redevient respirable. On tourne la page. Même Julie retrouve sa couleur normale : papier mâché !

12

La pension ?

La fin de la journée.

Je sors de l'école Camargo parmi les autres. Garçons (petits et grands), Roses, Vertes, ou Blanches, avec leurs mamans. Il fait presque nuit, déjà. L'humidité froide me glace les joues. Mon moral est à moins zéro. À la maison, je vais retrouver mon gros souci : Papa, Odile, et... l'Égypte ! Ça m'angoisse si fort que j'attrape Zita par le bras en balbutiant :

— Invite-moi ce soir, s'il te plaît ! Je ne veux pas rentrer chez moi. Je ne peux pas.

— Qu'est-ce qui te prend ?

— Rien. Il ne me prend rien. Juste ce « problème très grave », tu sais ?

Elle bougonne :

— Non. Comme tu ne m'as encore rien dit.

— Quand je te raconterai, tu comprendras.

J'ajoute d'un ton funèbre :

— C'est une question de vie ou de mort. Si tu ne me reçois pas... tant pis ! Je passerai la nuit dans la rue, le métro, ou... n'importe où !

L'électrochoc ! Zita frémit. La panique lui agrandit les yeux.

— Tu ne vas pas fuguer, quand même ?

— Si tu m'aides, non.

— Mais, objecte-t-elle, *Mummy* n'est pas prévenue.

J'insiste :

— Qu'est-ce que ça fait ? On l'appellera d'une cabine... et Papa aussi !

Je suis sans gêne, mal élevée, indiscrète. Je sais. Ça m'est égal. Je ne peux pas rentrer chez moi. Et, derrière nous, Alice appelle à tue-tête :

— Hé ! Zita-Nina, vous m'attendez ?

Je proteste tout bas :

— Oh non !

— Sois un peu sympa, me conseille sèchement Zita, c'est une fille super !

On s'arrête. Elle nous rejoint en trois bonds.

— Nina, dit-elle, tu sais que tu as été géniale tout à l'heure avec Julie ?

— Je lui ai dit la vérité. C'est tout.

— Et comme y a que la vérité qui blesse... !

Elles éclatent de rire. Pas moi. On repart. En direction du métro. Tête basse, je marche à la vitesse d'un escargot. Alice s'étonne :

— Qu'est-ce t'as ?

— Un problème « très grave », répond Zita.

Bravo. Voilà ma vie privée étalée sur la place publique ! Je jette un regard plein de reproche à ma meilleure amie. Pour ce qui est de garder un secret... !

— Je cherche à t'aider, idiote ! se défend-elle. Et comme Alice est vachement intelligente...

— Merci. Si je peux faire quelque chose... ?

Je hausse les épaules :

— Y a rien à faire. La roue tourne. Et elle a tourné du mauvais côté pour moi.

— À part ça... ? demande Alice. C'est plutôt vague, ton explication.

Zita s'écrie :

— Elle a raison ! Raconte ce qui se passe au lieu de nous sortir des énigmes.

Voilà qu'elles se mettent à deux pour me secouer ! Mais ça m'a fait du bien : je lâche tout bas mon secret, mon problème, mon gros souci…

Elles le comprennent.

— Ça alors… ! murmure Zita.

Alice est indignée :

— Ils ne t'ont pas demandé ton avis avant, tes parents ?

— C'est pas mes parents. Y a juste Papa qui est mon parent.

— Excuse-moi, je résume.

Voilà le genre de résumé qui me colle la chair de poule ! Odile… le Cygne noir… ma « parente »… ? Je proteste :

— Ils ne sont même pas mariés !

— Pas encore…, dit Zita.

La sinistre prédiction ! Je pousse un cri :

— Ça me ferait mal !

Elle bredouille :

— De toute façon, c'est pas notre problème.

— Non, intervient Alice. On doit juste trouver la solution pour que Nina reste à Paris.

Je serre les dents.

— Ça ! Je ne partirai pas.

Silence. Les deux autres réfléchissent. Et moi, j'ai l'impression d'être une mouche qui se cogne aux carreaux. Je ne partirai pas… ? Facile à dire ! À treize ans, on obéit à son parent. Si Papa m'oblige (et il m'y obligera), je partirai. C'est clair.

« J'en ai ras le bol d'être "petite". »

Et Zita me met la main sur l'épaule :

— Écoute, ne t'affole pas, il y a sûrement des écoles de danse classique, au Caire.

Je proteste :

— Nulles et archinulles, tu penses !

Soudain, j'ai envie de pleurer. Ma meilleure amie n'hésite pas à se débarrasser de moi ; elle m'expédie déjà chez les pharaons ! Je soupire :

— Si encore c'était New York... ou Londres... ou Saint-Pétersbourg... !

— Là, on part avec toi ! rigole Alice.

Nous sommes arrivées à la station de métro. Je stoppe en haut des marches. Je ne veux pas rentrer à la maison. Et comme Zita ne semble pas emballée à l'idée de m'inviter... qu'est-ce que je vais faire ?

Disparaître dans la nuit ! Tout simplement.

C'est moche. Mais la fin justifie les moyens. Pour me voir réapparaître, Papa acceptera tout ce que je veux !... Et je resterai à Paris !

« Du courage, Nina ! Il fait froid, il fait noir, tu n'as pas un sou pour boire un chocolat chaud… mais à la guerre comme à la guerre ! »

— Dis donc, Nina…

— Quoi, Alice ?

— Tu lui as parlé de la pension, à ton père ?

Je reste ébahie.

— Ben… non !

Dire que je n'y ai même pas pensé ! Papa a annoncé : « On part. » J'ai eu l'impression d'une porte qui me claquait au nez… et je n'ai pas vu plus loin ! C'est vrai, Alice est vachement intelligente, et moi, qu'est-ce que je suis bête… enfin, par moments !

— La voilà, la solution ! s'écrie Zita.

Alice ajoute :

— Tu devrais en parler dès ce soir à ton papa. Il faut le temps de s'organiser, pour ces trucs-là !

Je les regarde, éblouie. Elles sont chouettes, mes amies ! Je murmure :

— La bonne idée ! Merci, les filles !

Et toutes les trois, on dévale l'escalier en riant comme des folles !

13
Non!

C'est une bonne idée. Oui. Sauf que Papa la trouve mauvaise. Il dit :
— Non.
Et je me craquelle en mille miettes. Je crie :
— Pourquoi ?
— Une fille vit avec son père, répond-il. Tu crois que je vais partir à l'étranger en te confiant à des inconnus, Bichette ?
— Si c'est pour mon bien...
Il fronce les sourcils :
— Ton bien ? Ça signifie danser, je suppose ?
— Oui.
— Et alors, où est le problème ? Tu danseras là-bas.

Je ricane :

— La danse du ventre... c'est ça ? C'est ce que tu veux pour moi... ?

— Ne dis pas de sottises ! Ce que je veux, c'est que nous soyons ensemble.

— Égoïste ! Tu te fiches pas mal de mon avenir.

Son nez se pince — signe de colère, chez lui.

— Ne dépasse pas les bornes, gronde-t-il, ou ça ira mal.

Ses menaces... je m'en fiche ! L'indignation me soulève de terre, si haut que j'ai l'impression de mesurer trois mètres cinquante ! Tout à coup, Papa me paraît petit, petit. Je le toise :

— Pourquoi as-tu besoin de m'emmener avec toi à Pétaouchnock ? Le Cygne noir ne te suffit pas ?

Il répète sans comprendre.

— Le Cygne noir... ?

— Ne cherche pas, c'est moi ! dit Odile, dans notre dos.

Je sursaute de la tête aux pieds. Elle écoute aux portes, maintenant ? Je la croyais enfermée dans la cuisine à préparer un chou-fleur au gratin, sa spécialité nourrissante et pas chère !

Elle fait un pas en avant.

— Olivier, dans *Le Lac des cygnes,* le Cygne noir s'appelle Odile. Tout simplement.

Mon père lui fait un demi-sourire :

— Tu en sais, des choses... !

Elle sourit aussi, en répondant :

— Oui. Depuis que je connais Nina, je commence à m'intéresser à la danse classique.

Alors... s'installer chez moi ne suffit pas à cette intruse ? Il faut, en plus, qu'elle s'introduise dans mon domaine privé ? Mais... qu'est-ce qu'il va me rester ? Elle vient même d'apprendre son surnom ! Rien de tel pour m'ôter l'envie de continuer ! Il faudra que je trouve autre chose... de bien méchant !

Je m'écrie :

— Si vous savez tout ça, vous savez tout ce que je pense de vous, alors !

Usurpatrice !

Voilà ce que je lui crie dans ma tête. Le Cygne noir vole la place d'Odette, le Cygne blanc. Comme cette Odile-là a volé celle de Maman.

Usurpatrice !

— Oui, Nina, répond-elle, je sais ce que tu penses.

Et, soudain, je trouve qu'elle fait très vieux. Sa bouche a un pli amer.

— Je ne comprends rien à vos sous-entendus, les filles, remarque Papa.

Odile marmonne :

— Il vaut mieux.

Puis, elle déguerpit dans sa cuisine. Tchao ! Papa soupire. Silence. Je baisse la tête. Mes idées tournent dans tous les sens, incohérentes.

— Nina, dit-il tout à coup, si tu te décidais à tutoyer Odile ? Cela lui ferait plaisir.

Comme réflexion cheveu sur la soupe, on ne fait pas mieux ! Depuis le début, j'ai refusé de la tutoyer. C'est ma façon de résister. Et je riposte méchamment :

— Je n'ai aucune envie de lui faire plaisir.

— Très bien. Dans ces conditions, n'attends pas d'efforts de ma part.

Il s'affale dans le fauteuil vert, ramasse le journal abandonné à ses pieds, le déplie et, dans un froissement de papier, il disparaît derrière. Je n'ose plus bouger. Je regarde fixement ce rempart noir et blanc qui nous sépare.

Comment reprendre la discussion, faire valoir mon point de vue, convaincre Papa ? Je ne sais pas.

— Va te doucher avant le dîner, et au trot ! me lance-t-il sans émerger de son journal.

Je tourne les talons. Je sors en claquant la porte.

La colère et le chagrin me montent à la tête. Comme il me traite… ! Tant pis pour lui ! Au lieu d'entrer dans la salle de bains, je décroche ma doudoune de la patère, j'empoigne mon sac à dos resté par terre.

Mon père l'a bien cherché.

Je m'en vais !

14
Dans le noir...

Objectif numéro 1 : le métro. Il y fait chaud. En plus, je me sens à l'abri à cause de la lumière et des gens.

Objectif numéro 2 : m'éloigner de mon quartier. Si Papa s'aperçoit tout de suite de ma disparition, il courra à notre station. Cela dit, j'ai la certitude qu'il s'en rendra compte très tard : les nouvelles internationales le passionnent beaucoup plus que la vie de sa fille ! Lorsqu'il sera fixé sur les états d'âme des Chinois ou des Pygmées, il pensera peut-être aux miens...

Objectif numéro 3 : ... ?

C'est là où ça se complique... !

Je monte dans une rame, et descends deux

stations après. Pour réfléchir. Quoique... ce soit tout réfléchi ! Mais j'hésite encore. J'ai le trac. Deux... trois... quatre trains passent. Et je n'hésite plus. Je prends le cinquième.

Mon trac augmente d'un cran.

Qu'est-ce qui m'attend... ?

Je sonne.

Aujourd'hui, je n'apporte même pas de minables bégonias. Juste mes problèmes. Et, tout à coup, je ne suis pas sûre qu'ils plairont. Ça me met mal à l'aise. Mais il est trop tard pour m'enfuir. Bruit de pas derrière le battant – ceux d'un homme. Du coup, mon cœur s'emballe. J'attendais Zita, ou Mme Gardel. C'est M. Gardel qui ouvre, l'air revêche.

– C'est à quel su... ?

La surprise l'empêche de finir sa phrase. Il s'exclame :

– Nina !

Je murmure :

– J'ai un problème.

Si je pouvais disparaître sous terre... ! Je reste clouée au paillasson. M. Gardel se retourne pour

appeler Zita. Elle arrive au galop, sa serviette à la main. Zut ! ils sont à table. Je balbutie :
— Excusez-moi, je vous dérange.
— Pas du tout, proteste-t-il poliment.
Zita m'attrape par le bras :
— T'inquiète pas et entre.
Je chuchote :
— Ta maman va être furieuse.
— Arrête, idiote !

Elle m'entraîne à l'intérieur. Trente secondes plus tard, je suis assise avec eux à la table du dîner, dans le living-room. Ann Gardel pousse un plat vers moi :
— Tu aimes *la* chou-fleur au gratin ? demande-t-elle.

Alors, je fonds en larmes.

Bon. Ça y est. J'ai séché mes pleurs, bu un verre d'eau, et tout raconté. Je me tais. J'attends. Je suis sûre que les parents de Zita ont une solution à me proposer. Silence.

— C'est normal que ton papa ne veuille pas se séparer de toi, finit par remarquer M. Gardel. À sa place, je ferais pareil.

Je me mords les lèvres pour retenir un cri indigné. Aussi égoïste que mon père, celui-là ! Sa femme intervient d'un ton embarrassé :

— D'ailleurs, il faut le prévenir tout de suite. Il doit se faire *une* souci d'encre !

Et le mien, de souci, on s'en fiche ? Pourtant, il est d'encre aussi. Sous la table, Zita me donne un petit coup de pied d'encouragement en s'écriant :

— Mais Nina peut dormir ici quand même… ?

— On va demander à son papa.

En plus, il faut avoir sa permission ! Les Gardel n'ont rien compris. Ou, s'ils ont compris, ils se mettent du côté des parents. Logique. Mais d'eux, j'attendais mieux. Je me demande pourquoi. Heureusement qu'il y a Zita ! Elle me murmure :

— T'en fais pas. Ça va s'arranger.

Pour ce soir… ou pour tout le temps ? Je voudrais bien être fixée. À cet instant, le téléphone sonne. Le père de Zita annonce :

— Je te parie que c'est lui.

Sa mère me sourit :

— Tu vas répondre, Nina ?

Je secoue farouchement la tête – non ! Les sonneries s'égrènent et me vrillent le cerveau. Avec un peu de veine, les Gardel répondront trop tard ! Mais Ann se précipite et décroche.

– Bonsoir, monsieur Fabbri. Bien sûr. Vous vous en doutiez. Il y a dix minutes. *Une* enfantillage. On la garde ce soir. Je vous en prie. À bientôt.

Elle raccroche.

– Il était affolé.

Et son regard de reproche me transperce le cœur.

Nous installons le lit gigogne, Zita et moi, pendant que sa maman sort l'oreiller et la couette du placard.

– Je vais te prêter *une* pyjama, dit-elle, puis tu feras *une* grosse dodo, et tu oublieras tout ça !

Je remercie à mi-voix.

Même s'ils paraissent un peu embêtés par ma fugue, que je suis bien, chez les Gardel ! On se couche.

– Bonsoir, *Mummy,* bâille Zita.

Sa mère se penche sur elle :

— *Good night, my baby.*

Les yeux mi-clos, j'épie cette mince silhouette aux cheveux blonds qui, à cause de la lumière tamisée, me rappelle...

« Maman... »

Pourquoi l'ai-je perdue ? C'est trop injuste. Elle était belle. Elle était douce. Elle était intelligente. Elle n'aurait jamais dû mourir ! La mort devrait être réservée aux gens mauvais. Le monde est mal fait. Mais, soudain, son image semble flotter à travers la chambre. Elle est avec moi, ma maman. Tout près. Et elle me donne une idée. L'idée. Pour rester à Paris.

Mon cœur bat la chamade. Entre mes cils, je suis chaque geste de la mère de Zita. Elle s'approche de moi.

— *Good night,* Bichêêêtte...

— Bonsoir, ma... dame.

Elle sourit :

— Tu ne crois pas que tu pourrais m'appeler Ann ?

Elle s'incline pour m'embrasser...

Alors, l'attrapant par le cou, je m'écrie :

— Gardez-moi.

— Comment ?

— Gardez-moi ici. En pension.

Éberluée, elle murmure :

— Quelle drôle d'idée !

— Pas du tout ! Si je suis chez vous, Papa acceptera que je reste à Paris. J'en suis sûre.

— Voyons, *sweetie,* c'est impossible.

Elle se dégage de mes deux mains, s'assoit à mon chevet, prend une profonde respiration et me dit :

— Écoute, *mon* petite Nina, nous t'adorons, mais... comment prendre *le* responsabilité d'une fille de ton âge... et qui danse ? Franchement, ce serait trop lourd. Je m'occupe déjà de la mienne !

— Justement. On sera des « presque sœurs ».

Je me redresse sur un coude pour apercevoir le regard de Zita, au ras de la couette :

— Ce serait super, tu ne crois pas ?

— Je sais pas.

Ses yeux sont aussi expressifs que deux cailloux. Déconcertée, je me retourne vers Ann Gardel. Elle me caresse la joue :

— Bien sûr, vous vous entendez bien, mais vivre ensemble, c'est autre chose...

Je ne réponds rien. Je ne lutte plus. Je retourne à la case départ.

J'ai perdu la partie.
Tout est noir.

La musique éclate. Je pique de la pointe. Mais... je ne peux pas... je ne peux plus danser !
— *Maman !*

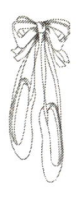

15

... Une petite lumière

Quelle journée supermoche !

J'en veux au Cygne noir, à Papa, aux trois Gardel. Je ne pense qu'à ça, à ce soir, aussi. Une fois à la maison, ils vont me faire passer un sale moment. Je le sens. Le pire est qu'ils sont peut-être dans leur droit. Je n'arrive pas à me concentrer. Et c'est plutôt embêtant : Maître Torelli nous fait répéter notre danse des paysannes.

L'enchaînement est simple.

« À la portée d'une petite Blanche... »

Essayant de me concentrer, j'en répète tout bas les termes.

– Glissade, saut de chat, pas de bourrée dessous dessus, enveloppé, changement de pied.

Élémentaire, ma chère Fabbri. O.K. Seulement voilà : je cafouille, je me trompe. Je suis nulle. En plus, je me trouve au premier rang (comme si j'étais bonne), avec des filles qui dansent mieux. À cet instant, en tout cas. La honte ! Julie fait partie du lot. Moins bien qu'elle, moi ? J'en suis ulcérée. Zut ! Ça y est ! Je me retrouve avec le « mauvais » pied !

D'un coup sec de l'index, Maître Torelli stoppe la cassette. Il me fixe de ses yeux d'épervier. Plus personne ne bouge. Silence absolu dans le studio. Je dois être écarlate. Toute ma peau picote. Lorsqu'il m'a bien regardée :

— Je me demande, remarque-t-il sèchement, si te mettre au premier rang était une bonne idée.

Quel affront ! Je baisse la tête. Je n'ose même pas protester, parce que je pense :

« De toute façon, bientôt je ne serai plus ici… »

Alors, même si on me relègue en fond de scène, ça n'a guère d'importance ! Et – poing fermé qui me coupe le souffle – cette certitude me frappe en pleine poitrine :

Je ne serai jamais danseuse.

À cause de Papa, du Cygne noir et des Gardel. À cause de tout. Une larme tremblote au bout de mes cils, dégouline sur ma joue. J'ai l'air d'une idiote.

— Tu te rappelles ce que je t'ai dit, l'autre jour ? reprend le professeur.

Je réponds d'une toute petite voix.

— Ouiii, Maître.

« Quand on danse, on ne pense à rien d'autre... on laisse ses soucis au vestiaire. »

Il se moque.

— Tu es sûre ? On ne dirait pas !

J'éclate brusquement :

— Si, je m'en souviens.

— Dans ce cas...

D'un revers de son bâton, il me fait sortir du groupe des quatre.

— ... Danse-moi l'enchaînement des paysannes, là, toute seule au milieu. Et fais-le bien.

Je hoche la tête, étranglée par la panique. Maître Torelli me met la main sur l'épaule :

— Si tu me déçois, Nina, tu retourneras au dernier rang. Et une autre prendra ta place. Voilà tout. Dans la danse, nul n'est irremplaçable, apprends-le.

— C'est pas ma faute, vous savez.

— Je ne veux pas le savoir, justement, riposte-t-il. Tes problèmes ne me concernent pas. Je me fiche pas mal que ton papa t'ait grondée, ou que ton canari ait la colique. Je te demande de bien danser. Point. Comporte-toi en future professionnelle. Et tout ira bien.

Ses mots secs me criblent comme une rafale de grêle. Ils me font mal. Mais il y en a deux qui me meurtrissent plus fort que les autres : « Future professionnelle… »

Non. Je ne le suis plus.

Mais je vais faire comme si. Je respire à fond. Je me place.

« Maman… »

Elle est là, je le sais. Tout près. Sa main légère m'effleure la joue.

« Maman, c'est pour toi que je danse. »

La musique jaillit. Et je me jette dedans comme dans la mer. Deux minutes pour me défendre. C'est très court. Mais j'essaie d'aller au bout du pas, au bout du geste… et même un tout petit peu plus loin ! Fin de la danse des paysannes. Maître Torelli arrête la cassette. Je m'arrête aussi. Joliment. Comme j'ai appris. Ma bouche tremble.

Je suis sûre que ma maman sourit.

– Pas mal, dit-il. On dirait que tu as compris. Tu gardes ta place... pour le moment.

– Merci, Maître.

Je me mords les lèvres pour ne pas pleurer. Mais derrière les autres, Zita fait semblant d'applaudir, et Alice dresse le pouce vers le ciel. Je leur souris.

– Reprenez toutes ensemble ! ordonne le Maître.

Le soir.

La sortie. La rue noire. Le charivari des élèves. Et moi, au trente-sixième dessous. J'espérais un peu que, pour passer l'éponge, Papa viendrait me chercher. Il n'est pas là. Émile me dépasse en courant :

– Salut, « Ninoche » !

Ce surnom inattendu ne me fait même pas rire. Je réponds « tchao » d'un ton morne. Zita me prend le bras :

– Tu me téléphones tout à l'heure, hein, que je sache comment ça s'est passé avec tes... euh... ton père ?

– À moi aussi ! dit Alice.

– Je n'ai pas ton numéro.

— Une seconde, je te le note.

Le temps qu'elle farfouille dans son sac pour y repêcher un Bic et un papier, j'aperçois une silhouette qui attend sur le trottoir d'en face. Manteau de tweed, bonnet sur la tête... c'est... ! Je ravale un petit cri.

Le Cygne noir.

Un instant, j'ai la tentation de m'enfuir vers le métro pour lui échapper. À quoi bon ? On se retrouvera à la maison. Alors, je baisse les bras, je me résigne. Je murmure à mes amies :

— Excusez-moi, les filles, on est venu me chercher.

Et je traverse la rue, comme si j'entrais en scène. Ce n'est pas Odile, cette blondasse mal fringuée, qui va m'impressionner.

Elle me sourit.
— J'avais peur de te rater.
— Ç'aurait pas été un drame !
— Non. En effet.
Son sourire se fige, mais elle ajoute :
— Est-ce que ça te dit de manger une pizza... ou des crêpes ?

— Là… maintenant ? Ce n'est pas l'heure du dîner.

— Presque.

Je lui jette un regard noir :

— Et Papa… ? Il va nous rejoindre ou quoi ?

— Il finira tard, me répond-elle. Il a été en réunion toute la journée avec son nouveau patron.

Je dis tout bas :

— Alors, ça se précise ?

— Oui. Heureusement.

Je proteste.

— Ça dépend pour qui !

— Ma pauvre Nina…, soupire Odile.

Ah ! non ! Pas de familiarités ! Je lui mets les points sur les *i*.

— Je ne suis pas « votre pauvre… » mais Nina tout court. O.K. ?

Il me semble que jamais je n'ai été aussi méchante avec quelqu'un. Qu'est-ce qu'elle me veut ? Et que cherche-t-elle avec son invitation à dîner ? Si elle croit m'amadouer avec un bout de pizza… ! Je me sens pleine d'une espèce de bile aigre. Pour m'en soulager un peu, je dois la lui recracher en pleine figure.

Mais Odile change exprès de sujet.

— Alors ? demande-t-elle. Pizza ou crêpes ?
— Soupe chinoise.
Et elle éclate de rire.

Murs crépis de blanc, un grand miroir au fond, des tables où palpitent des bougies…, je ne m'attendais pas à être emmenée par le Cygne noir dans ce joli restaurant. Peut-être bien que je vais la ruiner avec mes exigences ? J'ai des remords. J'oublie un instant ma rancœur. Je murmure :
— Ce n'est pas trop cher, ici ?
— Ne t'occupe pas de ce détail.

Il est encore très tôt, nous sommes seules. Le serveur chinois s'affaire. Il pose sur la table une coupelle de chips aux crevettes, un verre de Coca devant moi et, en face d'Odile, une flûte remplie d'une boisson rosâtre. Puis il nous tend le menu. On choisit. Tout à coup, j'ai faim.

— Il faut que nous parlions, dit Odile après avoir bu une gorgée.

— Vous savez, moi, je n'ai rien à dire.

— Oh ! si, Nina, tu as des milliers de choses dans la tête et sur le cœur. Je le sais.

Elle me sourit à nouveau. Moi pas.

— Je commence à te connaître un peu, dit-elle.

Je croque violemment dans une chips :

— Ça m'étonnerait.

À ce moment, le serveur nous apporte deux potages pékinois. On se tait. On se regarde en chiens de faïence par-dessus les bols qui fument. Quand il est parti, elle murmure :

— Tu nous as fait très peur, hier soir. Nous avons passé une nuit blanche, ton père et moi, à parler de toi… et de la danse.

Je marmonne :

— Ah bon… ?

Et je me mets à pleurer.

— Je ne veux pas… partir en… Égypte.

— Ça, crois-moi, nous avons compris. Nous ne sommes pas si bouchés !

J'en ris entre mes larmes. Elle se penche vers moi :

— Nina, me demande-t-elle à mi-voix, pourquoi désires-tu tellement danser ?

J'ai bien envie de l'envoyer bouler : « T'occupe, Cygne noir… ! » mais son regard a quelque chose… je ne sais pas… de doux… de désolé… d'affectueux. Voilà. Odile me regarde comme si elle m'aimait bien. Ça me fait bizarre.

« De quoi elle se mêle ? Je ne lui ai rien demandé. »

Pour m'aimer, j'ai d'abord Papa, et après : Zita, Mme Camargo, j'espère, Maître Torelli, Alice et Émile, un peu aussi, et… Coppélia. Je n'ai pas besoin d'Odile. N'empêche… ! Soudain, je sens que je peux répondre à sa question. Je le fais à mi-voix. Les yeux baissés.

– Quand je danse… c'est comme si ma maman n'était pas morte. Même si je sais qu'elle l'est pour de bon. On se retrouve, toutes les deux.

Silence. Il dure. J'ai l'impression qu'elle retient sa respiration. Moi, je cherche les mots justes pour m'expliquer le mieux possible. Je les trouve.

– Mais il n'y a pas que ça. J'ai besoin de la danse. Comme de boire si j'ai soif. Ou de manger quand j'ai faim.

– Je comprends.

J'ai bien envie de lui dire « Non ! ». Il n'y a que les danseurs qui peuvent comprendre. Je lui souris quand même. Elle fait des efforts.

– Écoute, Nina, dit-elle en émiettant machinalement une chips, je crois que ton papa va réviser sa position.

– Qu'est-ce que ça veut dire, « réviser sa... » ?

– Changer d'avis.

Je m'écrie :

– Alors, il va rester à Paris ?

– Lui, non. Mais toi... oui.

Et ce mot est une cloche qui se met à battre à toute volée dans ma tête : Oui, oui, oui !

Je vais danser. Quand même !

Comme je l'ai juré.

Épilogue

Lorsqu'on rentre à la maison, Odile et moi, une lampe est allumée dans le salon. J'appelle :
— Papa ?
Il répond :
— Viens ici, Bichette.

Je me précipite. Il me tend les bras. Je m'y pelotonne. Nous ne sommes plus fâchés. C'est bien. Je murmure :
— Merci, Papa. Odile m'a dit… votre idée.

Il me serre plus fort.

— Décider de te laisser ici est très dur, ma petite fille. Mais on ne peut pas te priver de ce que tu aimes tant, ce serait… mal.

La joie m'assourdit et m'étouffe. En même temps, j'ai de la peine pour lui. Pour moi… aussi. Sans trop savoir pourquoi. Je dis tout bas :

— Papa, s'il te plaît, fais-moi tourner, tu sais, comme tu faisais quand j'étais petite.

En riant, il m'attrape sous les bras, m'enlève de terre. Il se met à tournoyer avec moi en chantonnant :

— Danse, danse, ma libellule…

Un tourbillon m'emporte. Je ris.

Au passage, j'attrape la lumière de la lampe, le sourire d'Odile. Sur ma joue, je sens le souffle de Maman et celui de mon père, mêlés.

On tourne, tourne, tourne, comme si on ne devait jamais s'arrêter…

Table des matières

1. Ma nouvelle vie 11
2. Alouette, si tu veux danser... 19
3. RSVP 27
4. Chamboulements 37
5. Deux + un = ? 45
6. Entracte 53
7. L'étoile des Vertes 59
8. Le spectacle doit continuer 69
9. La roue tourne 77
10. Avoir un bon copain... 83
11. Les soucis au vestiaire 91
12. La pension ? 99
13. Non ! 105
14. Dans le noir... 111
15. ... Une petite lumière 119
Épilogue 131

Tu as aimé *À moi de choisir*
Découvre vite DANSE ! n° 3

avec cet extrait de :
Embrouilles en coulisses

... Chaque jour, pour être à l'heure à l'école Camargo, j'ai l'impression de faire une course d'obstacles. Vite, vite, Bichette ! 1, 2... 3 ! Chocolat avalé de travers, doudoune enfilée, sac endossé, et... tchao ! Direction le métro. Escalier dévalé, portillon franchi, me voilà sur le quai parmi les voyageurs qui attendent. Sauvée ? Presque ! Six stations et je suis arrivée. Non ! Pas aujourd'hui. Tombée d'un haut-parleur, une voix me cueille à froid.

« *Suite à l'agression d'un agent de conduite, le trafic de la ligne numéro 10 est perturbé pour une durée indéterminée. Veuillez emprunter les correspondances. La RATP vous remercie de votre compréhension.* »

« Compréhension » ? C'est une blague... ou quoi ? Si je rate les pliés, Maître Torelli ne me manifestera aucune compréhension, lui ! J'ai une seconde de panique. Me débrouiller… ? D'accord. Mais… comment ? En me faufilant entre les usagers qui grognent, je cours consulter le plan. Du doigt, je suis les méandres multicolores du réseau.

Et une fois fixée, je pars au triple galop.

À partir d'ici, je peux attraper la ligne numéro 6. Changement à Montparnasse. Des kilomètres de couloir. Infernal. Le quai, enfin ! Il est noir de monde. Je guette le grondement de la rame au fond du tunnel. J'aperçois la double lueur des phares quand…

Je reçois un coup dans le dos ! Mon sac me tape dans les vertèbres. En même temps, une voix stridente lance à tue-tête :

— Chat !

Je trébuche, me raccrochant *in extremis* à un monsieur qui titube et manque de s'étaler. Il proteste :

— Non mais ! Ça va pas, la tête ?

Le souffle coupé, je balbutie :

— Excusez-moi, je n'y peux rien. On m'a… frappée.

Et, tous les deux, on se retourne pour chercher qui… ! C'est Julie, prise d'un fou rire.

– Tu es malade, ou quoi ?

Mes jambes tremblent. J'ai eu peur. Elle s'esclaffe :

– M'enfin ! C'était pour rigoler.

– Très drôle ! riposte le monsieur. Un peu plus on était par terre... petite sotte !

Rouge comme un coq, elle lui tient tête :

– Dites donc, je vous ai pas sonné !

Tout le monde nous regarde et nous écoute. La honte ! Dire qu'en faisant cet immense détour, je suis tombée sur cette calamité ! Mauvaise pioche... ! Heureusement, la rame s'arrête, les portières s'ouvrent, déversant un flot de voyageurs...

Dans la même collection

Danse!

écrite par
Anne-Marie Pol

1. Nina, graine d'étoile
2. À moi de choisir
3. Embrouilles en coulisses
4. Sur un air de hip-hop
5. Le garçon venu d'ailleurs
6. Pleins feux sur Nina
7. Une Rose pour Mo
8. Coups de bec
9. Avec le vent
10. Une étoile pour Nina
11. Un trac du diable
12. Nina se révolte
13. Rien ne va plus !
14. Si j'étais Cléopâtre...
15. Comme un oiseau
16. Un cœur d'or
17. À Paris
18. Le mystère Mo
19. Des yeux si noirs...
20. Le Miroir Brisé
21. Peur de rien !
22. Le secret d'Aurore
23. Duel
24. Sous les étoiles
25. Tout se détraque !
26. La victoire de Nina
27. Prince hip-hop
28. Pile ou face
29. Quand même !
30. Un amour pour Nina
31. Grabuge chez Camargo
32. Nina et l'Oiseau de feu
33. Le triomphe de Nina
34. Accroche-toi, Nina !
35. La danse ou la vie ?
36. La danseuse et le prince
37. Paparazzi story
38. Nina et son double
39. Entre deux cœurs
40. Tout commence

Ouvrage composé par
PCA - 44400 Rezé

Impression réalisée par

CPI

BRODARD & TAUPIN

La Flèche (Sarthe), le 15-11-2012
N° d'impression : 71009

Date initiale de dépôt légal : janvier 2012
Dépôt légal de la nouvelle édition : mai 2012
Suite du premier tirage : novembre 2012

MIXTE
Papier issu de
sources responsables
FSC® C003309

Pocket Jeunesse, une marque d'Univers Poche,
est un éditeur qui s'engage pour
la préservation de son environnement
et qui utilise du papier fabriqué à partir
de bois provenant de forêts gérées
de manière responsable.

PKJ · POCKET JEUNESSE
www.pocketjeunesse.fr

12, avenue d'Italie – 75627 PARIS Cedex 13

My First SONGBOOK

Enjoy your sing-along song book and CD. You'll find the CD inside the pocket on the front of the pack. Play the CD and sing along following the words, and actions, in the book. The contents page lists the rhymes in the order that they play on the CD. The index at the back of the book lists the rhymes alphabetically.

Illustrated by

Gaby Hansen, Lesley Harker, Leonie Shearing,
Jess Stockham, Michelle White

Produced for Chad Valley Toys
242–246 Marylebone Road,
London, NW1 6JL

www.woolworths.co.uk

Copyright © Exclusive Editions 2008

All rights reserved. No part of this publication may be reproduced, stored in a retrieval system, or transmitted by any means, mechanical, photocopying, recording, or otherwise, without the prior permission of the copyright holder.

ISBN 978-1-4075-2498-6
Printed in China

My First SONGBOOK

Contents

Nursery Rhymes
Ring-a-Ring O'Roses............ 8
Polly Put the Kettle On 10
Hey Diddle Diddle 13
Jack and Jill.........................14
Sing a Song of Sixpence 16
Little Miss Muffet.................19
There Was an Old Woman......20
Humpty Dumpty.....................22

Action Songs
Teddy Bear, Teddy Bear 24
Row, Row, Row Your Boat 26
Incy Wincy Spider...................28
An Elephant Goes...................30
Where is Thumbkin?..............32
Mulberry Bush......................34
The Wheels on the Bus...........37
Twinkle, Twinkle Little Star 38

Counting Rhymes
Round and Round the Garden 40
This Little Piggy 42
One, Two, Three, Four, Five...45
Three Blind Mice 46
Three Little Kittens...............48
Five Little Monkeys...............50
Five Little Ducks...................52
How Many Miles?....................54

Animal Songs

Goosey, Goosey Gander............57
Cluck, Cluck, Cluck 58
Mary Had a Little Lamb...........60
Little Bo Peep 63
Hickory Dickory Dock..............64
Old Mother Hubbard 67
Baa, Baa, Black Sheep 68
Pussycat, Pussycat.....................70

Bedtime Rhymes

Jack Be Nimble..........................73
Hush-a-Bye Baby 74
Sleep, Baby, Sleep 77
Boys and Girls...........................78
The Man in the Moon 80
Wee Willie Winkie 83
All the Pretty Little Horses... 85
Golden Slumber.........................86
Starlight, Starbright 89
I See the Moon 90

Index of first lines...................91
List of CD tracks......................94

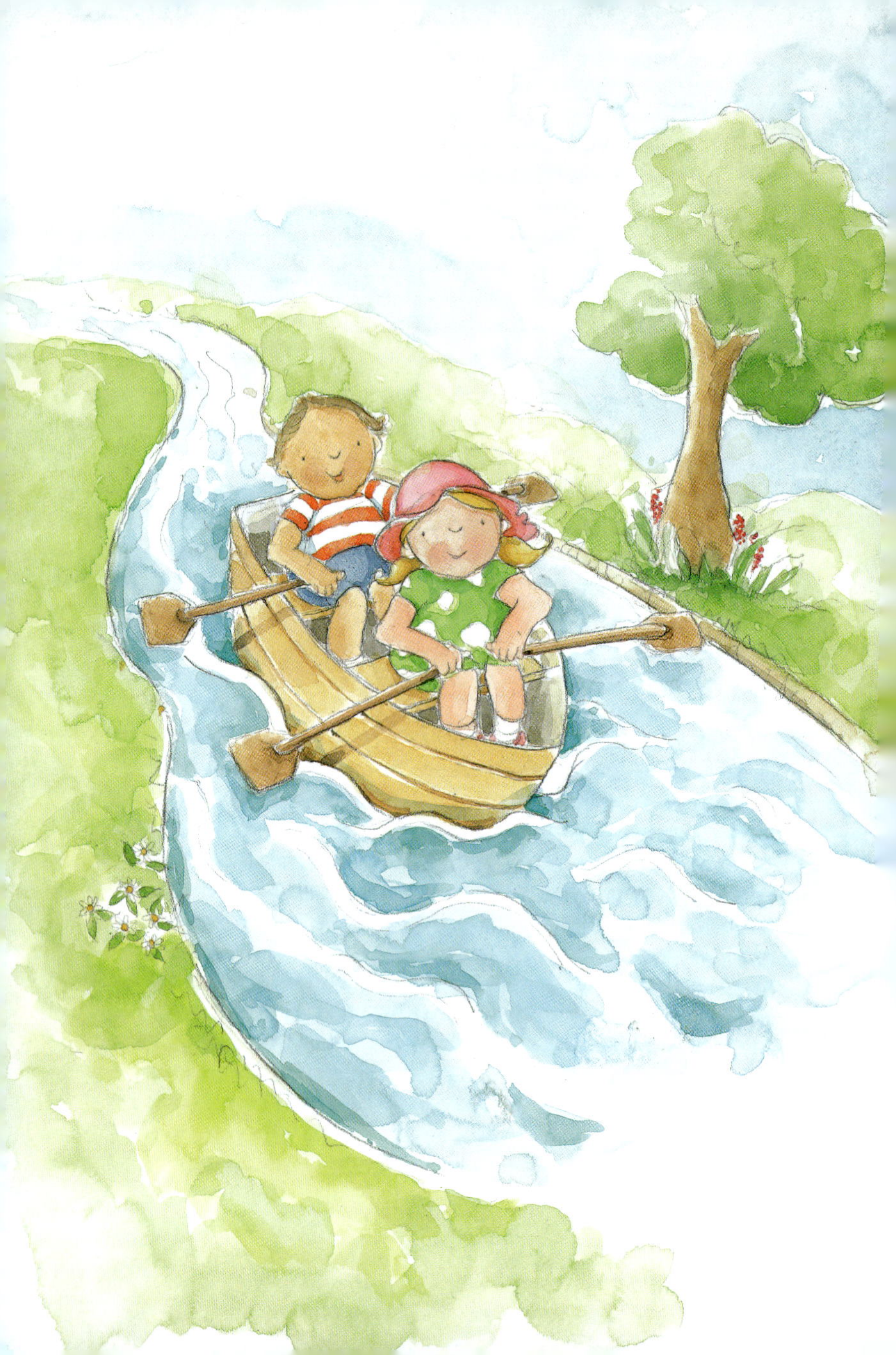

Nursery Rhymes

Ring-a-Ring O'Roses

Ring-a-ring o'roses,
A pocket full of posies.
Atishoo! Atishoo!
We all fall down.

Let's sing it again!

Ring-a-ring o'roses,
A pocket full of posies.

Atishoo!
Atishoo!

We all fall down.

Polly Put the Kettle On

Polly put the kettle on,
Polly put the kettle on,
Polly put the kettle on
We'll all have tea.

Sukey take it off again,
Sukey take it off again,
Sukey take it off again
They've all gone away!

12

Hey Diddle Diddle

Hey diddle diddle,
The cat and the fiddle,
The cow jumped over the moon.
The little dog laughed
To see such fun,
And the dish ran away
With the spoon.

Let's sing it again!

Jack and Jill

Jack and Jill went up the hill
To fetch a pail of water.
Jack fell down, and broke his crown,
And Jill came tumbling after.
Then up Jack got, and home did trot
As fast as he could caper.
He went to bed to mend his head,
With vinegar and brown paper.

Let's sing it again!

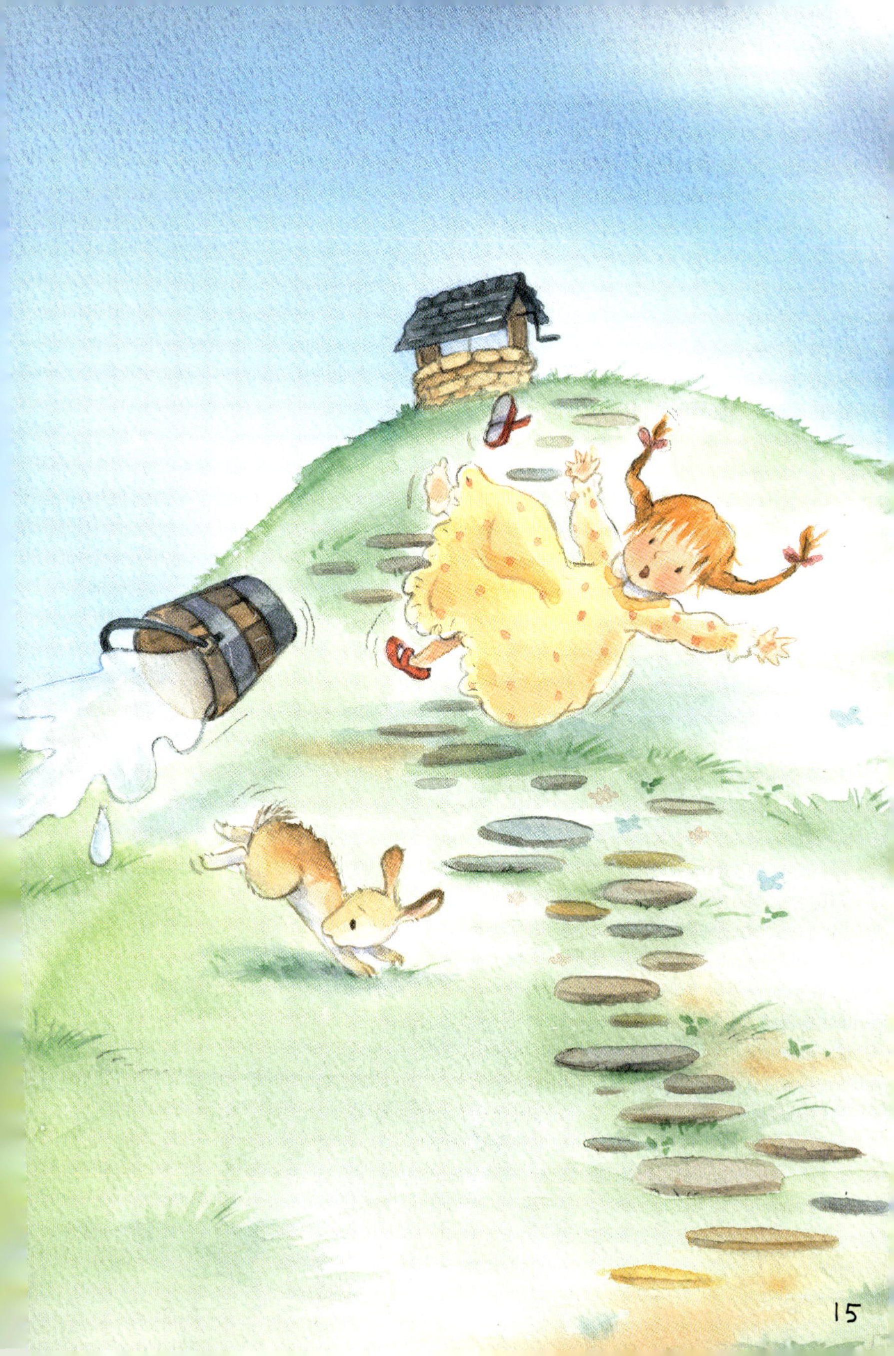

Sing a Song of Sixpence

Sing a song of sixpence
A pocket full of rye;
Four and twenty blackbirds
Baked in a pie;
When the pie was open
The birds began to sing.
Wasn't that a dainty dish
To set before the king?

The king was in his counting house
Counting out his money;
The queen was in the parlour
Eating bread and honey;
The maid was in the garden
Hanging out the clothes,
When down came a blackbird
And pecked off her nose!

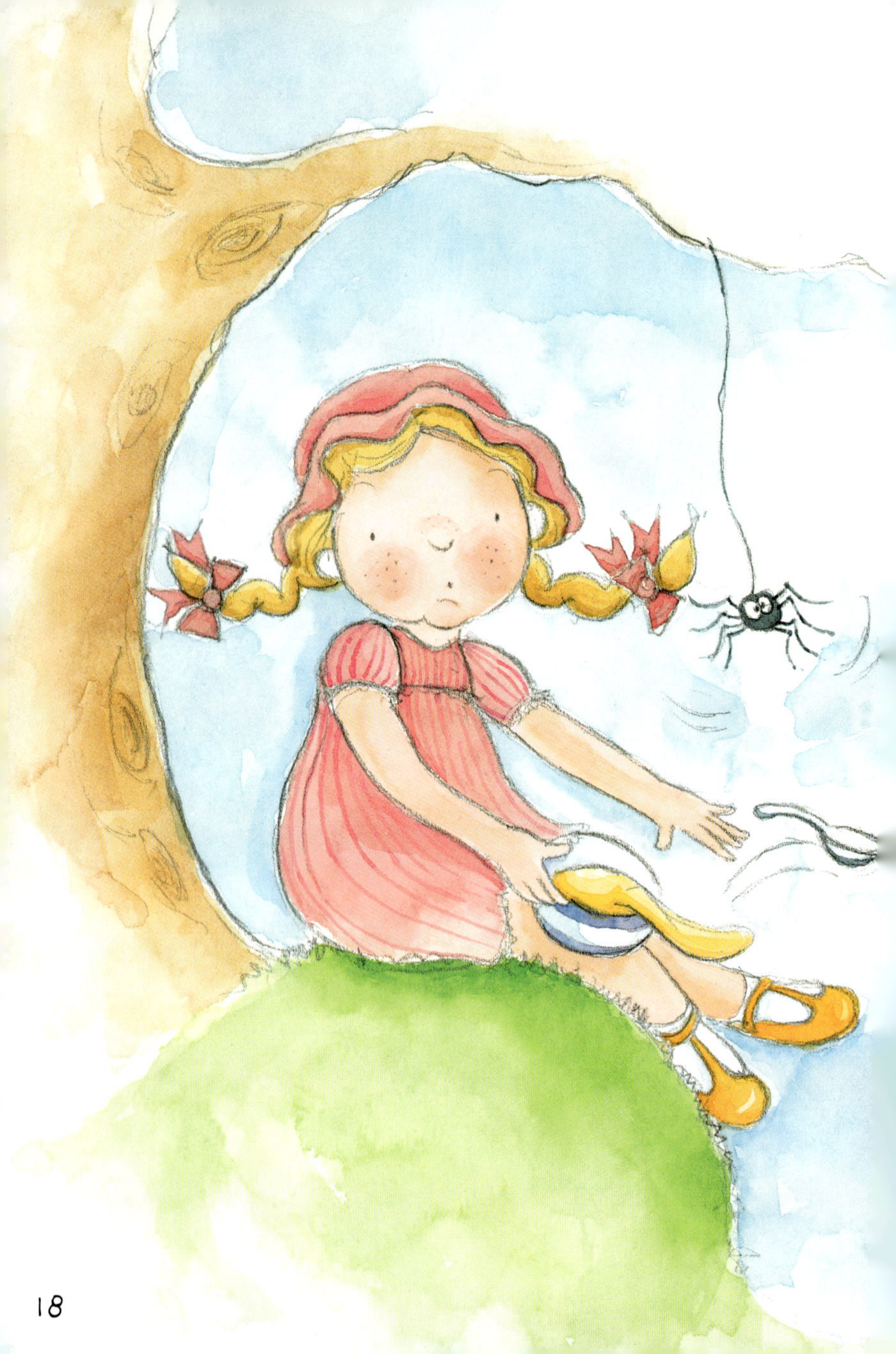

Little Miss Muffet

Little Miss Muffet
Sat on a tuffet,
Eating her curds and whey;
Along came a spider,
Who sat down beside her
And frightened
Miss Muffet away.

Let's sing it again!

There Was an Old Woman

There was an old woman
Tossed up in a blanket,
Seventeen times as high as the moon;
And where she was going,
I couldn't but ask it,
For under her arm
She carried a broom.

Old woman, old woman,
Old woman, said I,
Whither, oh whither,
Oh whither so high?
"To sweep the cobwebs
From the sky."
May I come with you?
"Aye, by and by."

Let's sing it again!

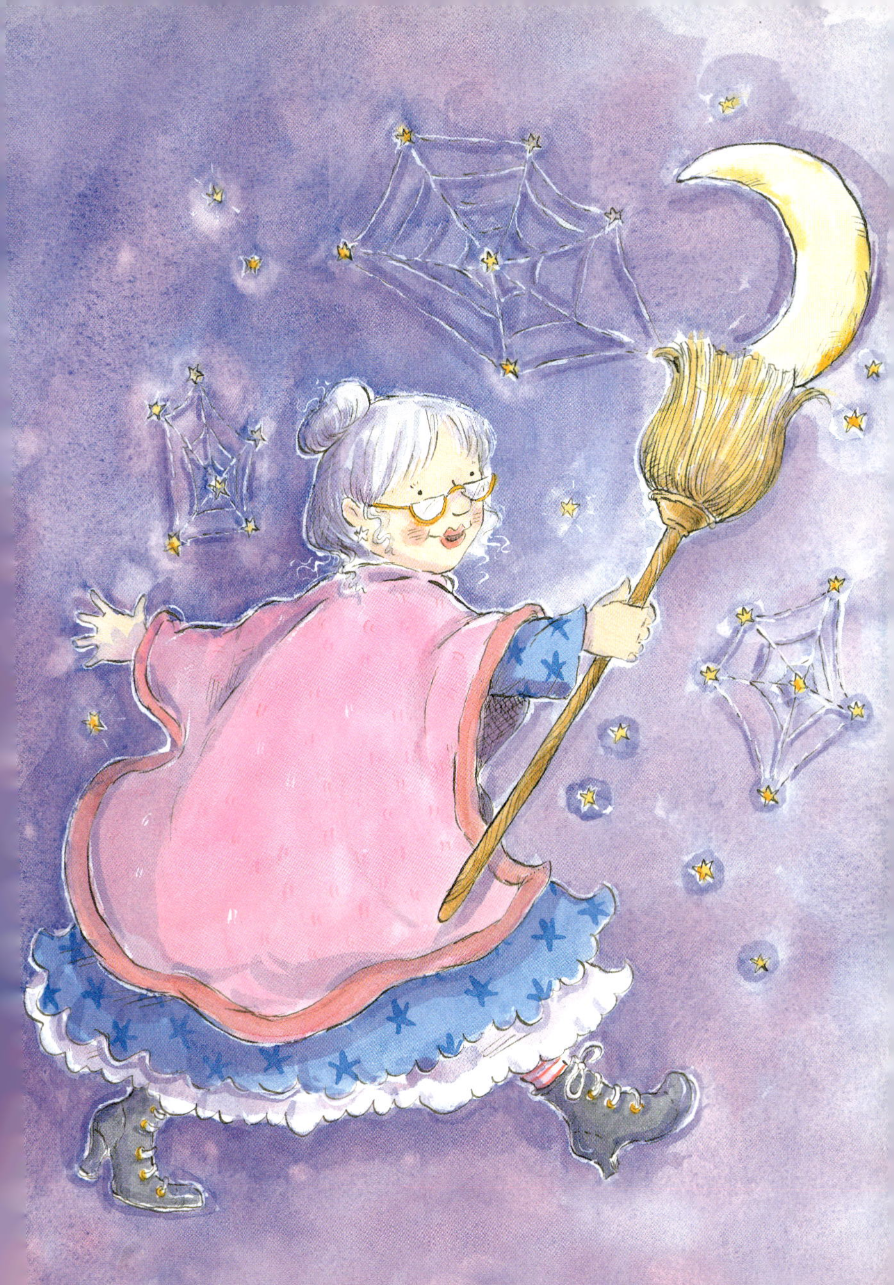

Humpty Dumpty

Humpty Dumpty sat on a wall,
Humpty Dumpty had a great fall;
All the King's horses and all the King's men
Couldn't put Humpty together again.

Let's sing it again!

Action Songs

Teddy Bear, Teddy Bear

Teddy bear, teddy bear
Turn around.
Teddy bear, teddy bear
Touch the ground.
Teddy bear, teddy bear
Climb the stairs.
Teddy bear, teddy bear
Say your prayers.
Teddy bear, teddy bear
Turn out the light.
Teddy bear, teddy bear
Say goodnight!

Now sing it again with the actions!

Teddy bear, teddy bear
Turn around.
Stand up and turn around.

Teddy bear, teddy bear
Touch the ground.
Bend over and touch the ground.

Teddy bear, teddy bear
Climb the stairs.
Pretend you are marching up the stairs.

Teddy bear, teddy bear
Say your prayers.
*Put your hands together
and close your eyes.*

Teddy bear, teddy bear
Turn out the light.
Pretend to pull a light switch cord.

Teddy bear, teddy bear
Say goodnight!
*Put your hands together to make a pillow
and rest your cheek against them.*

Row, Row, Row Your Boat

Row, row, row your boat
Gently down the stream.
Merrily, merrily, merrily, merrily,
Life is but a dream.

Row, row, row your boat
Gently down the stream.
If you see a crocodile,
Don't forget to scream!

Now sing it again with the actions!

Sit on the floor with your knees bent in front of you. Hold your arms out in front of you and bend forwards, then sit back and bend your elbows, bringing your hands back. Gently rock back in this rowing motion.

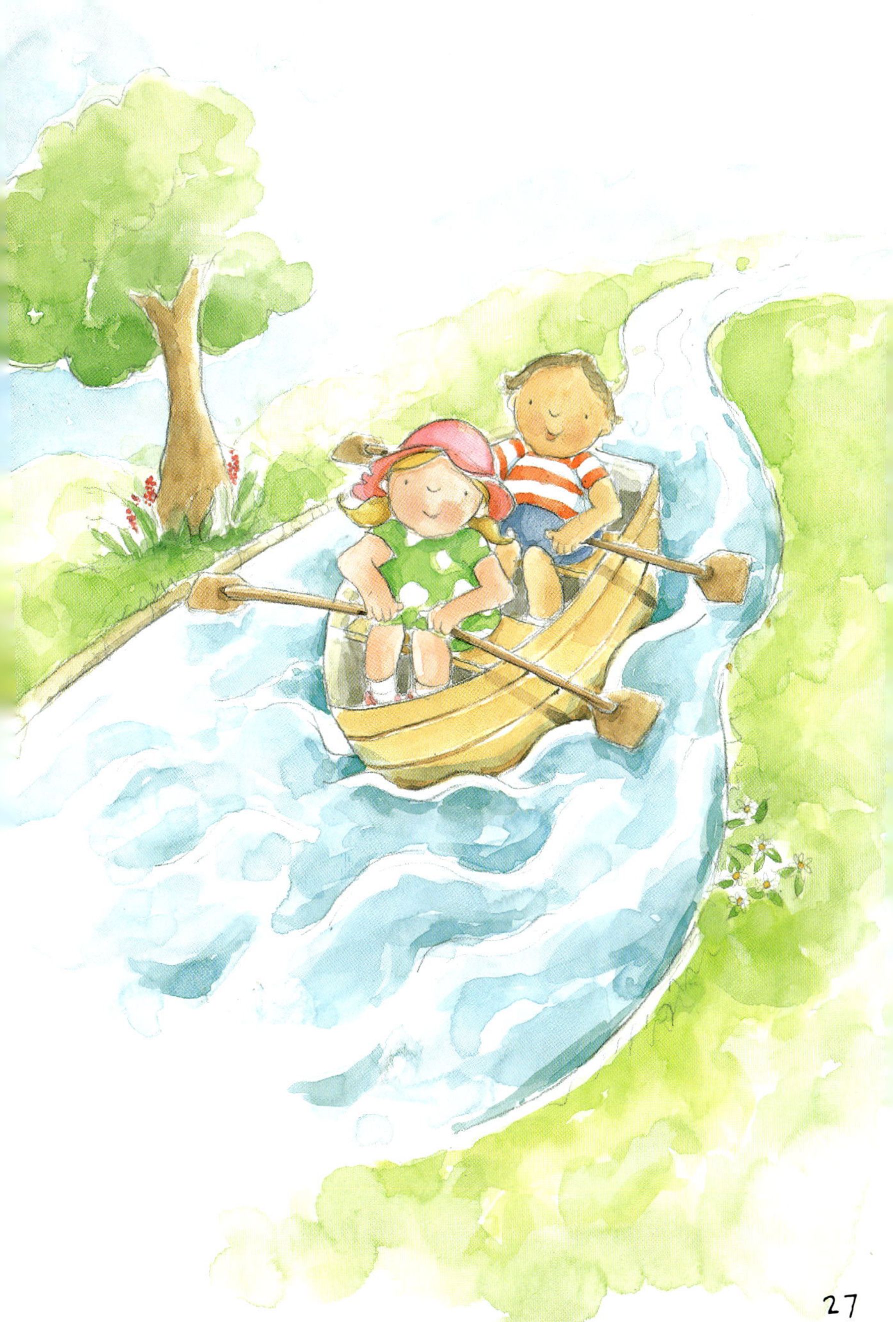

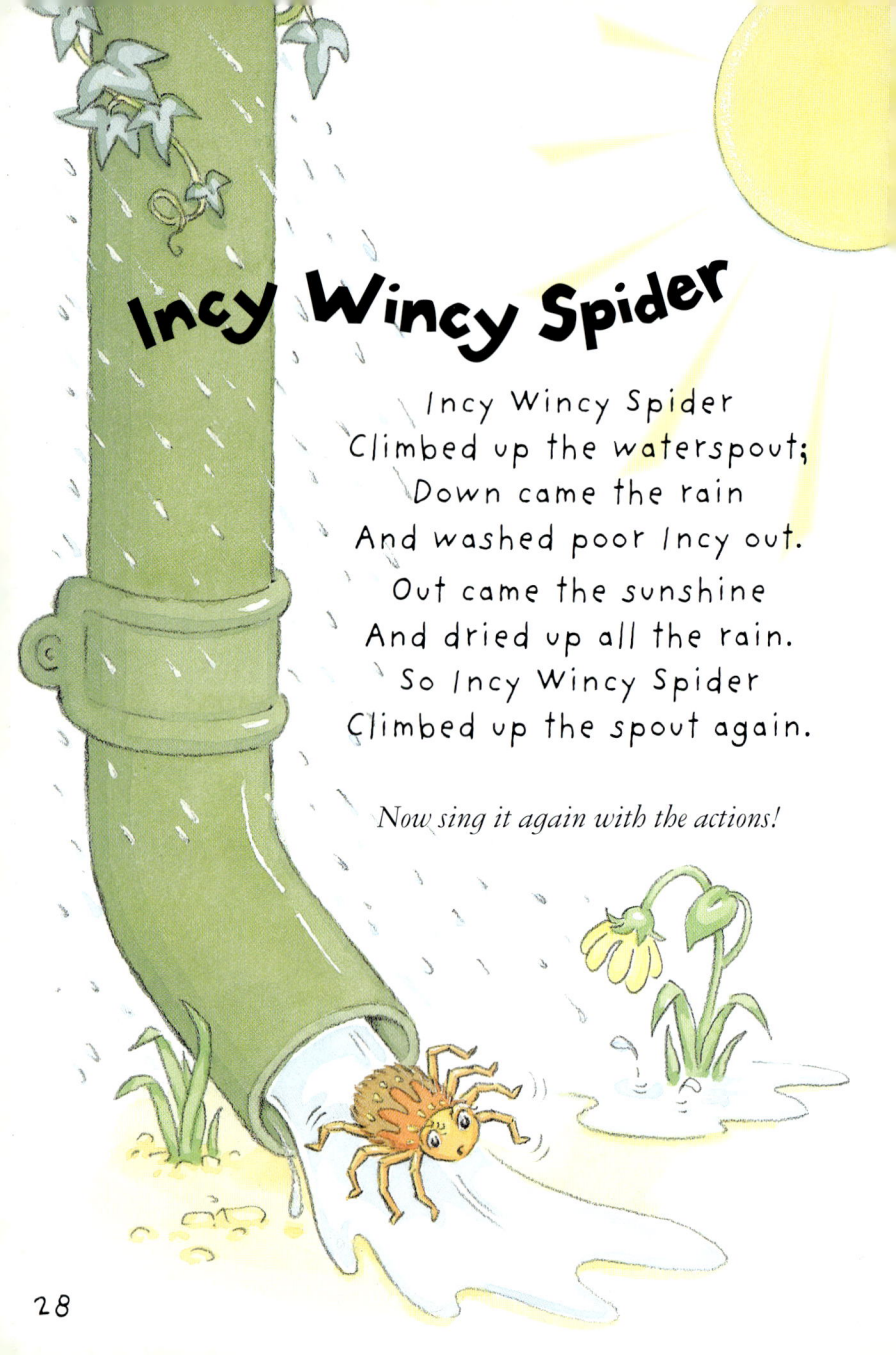

Incy Wincy Spider

Incy Wincy Spider
Climbed up the waterspout;
Down came the rain
And washed poor Incy out.
Out came the sunshine
And dried up all the rain.
So Incy Wincy Spider
Climbed up the spout again.

Now sing it again with the actions!

Climbed up the waterspout...

Put your left thumb and right index finger together, then bring your right thumb and left index finger together to make Incy climb.

Down came the rain...

Lower your hands and wiggle your fingers to show the rain falling.

Out came the sunshine...

Draw a big circle in the air with both arms to make a sun.

Climbed up the spout again.

Use your hands to show Incy climbing up again.

An Elephant Goes

An elephant goes like this and that.
He's terribly big,
And he's terribly fat.
He has no fingers,
He has no toes,
But, goodness gracious,
What a long nose!

Now sing it again with the actions!

An elephant goes like...
Stomp from one foot onto the other, swaying from side to side

He's terribly big...
Stretch your arms up.

And he's terribly fat...
Hold your arms out to the side.

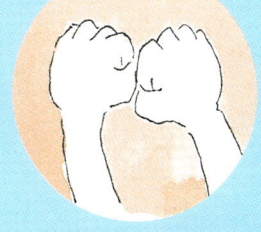

He has no fingers...
Make fists to hide your fingers.

He has no toes...
Bend down to touch your toes.

But, goodness gracious, what a long nose!
Hold your arm up to your nose and swing it from side to side like an elephant's trunk.

Where is Thumbkin?

Where is Thumbkin, where is Thumbkin?
"Here I am, here I am!"
How are you this morning?
"Very well I thank you."
Run and play, run and play.

Now sing it again with the actions!

*Hold up your thumb to say "Here I am".
Then hide it again for "Run and play".*

Where is Pointer...?
Hold up your pointing finger to say "Here I am". Then hide it again for "Run and play".

Where is Tall Man...?
Hold up your middle finger to say "Here I am". Then hide it again for "Run and play".

Where is Ring Man...?
Hold up your ring finger to say "Here I am". Then hide it again for "Run and play".

Where is Pinkie...?
Hold up your little finger to say "Here I am". Then hide it again for "Run and play".

Where is the family?
Hold up all your fingers to say "Here we are". Then hide them again for "Run and play".

Mulberry Bush

Here we go round the mulberry bush,
The mulberry bush, the mulberry bush;
Here we go round the mulberry bush,
On a cold and frosty morning.

Skip around in a circle.

This is the way we wash our hands,
Wash our hands, wash our hands;
This is the way we wash our hands
On a cold and frosty morning.

Pretend to wash your hands.

This is the way we brush our hair,
Brush our hair, brush our hair;
This is the way we brush our hair
On a cold and frosty morning.
Pretend to brush your hair.

This is the way we go to school,
Go to school, go to school;
This is the way we go to school,
On a cold and frosty morning.
Pretend to march to school.

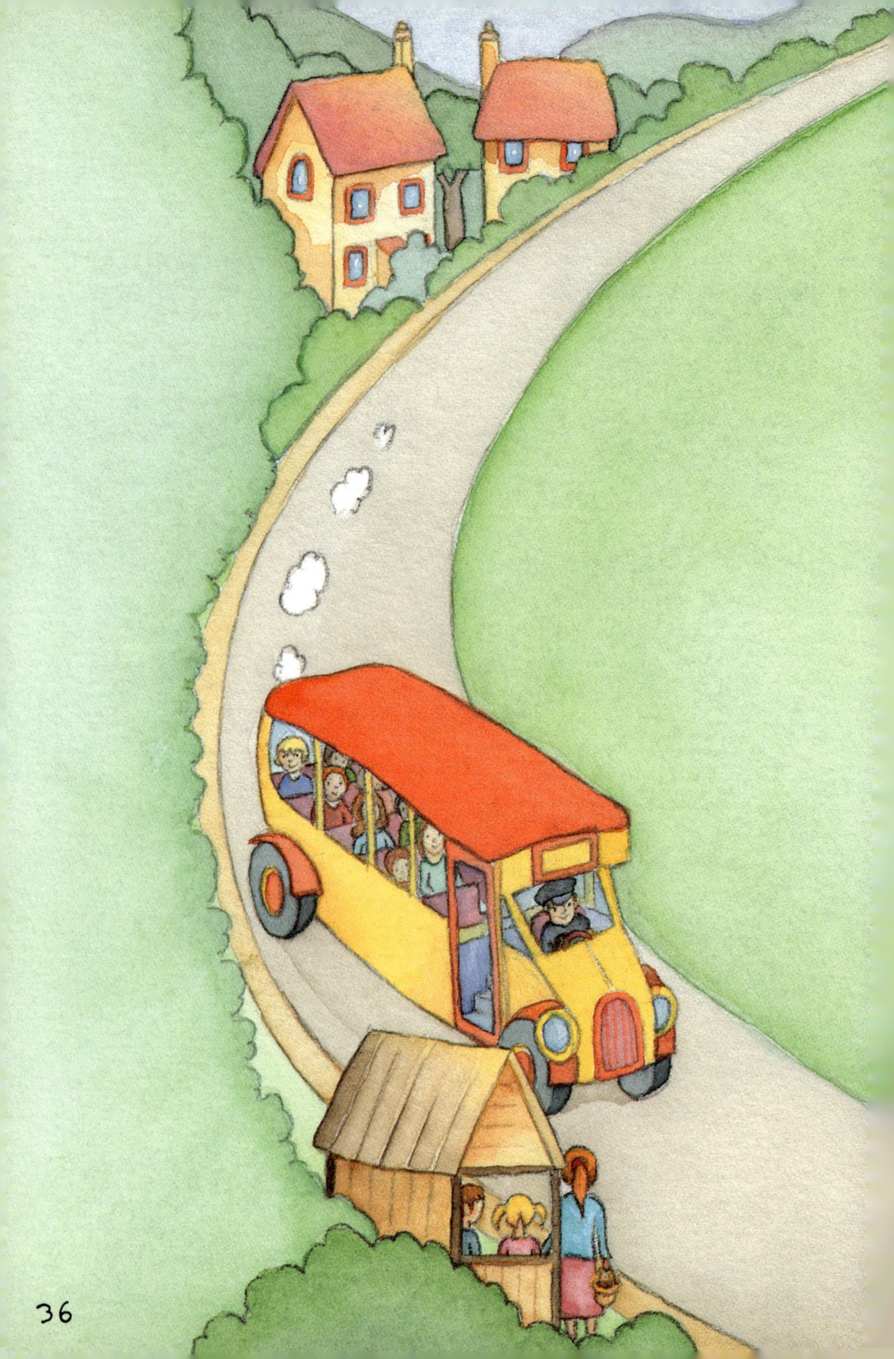

The Wheels on the Bus

The wheels on the bus go round and round,
Round and round, round and round.
The wheels on the bus go round and round,
All day long.

Move one hand around the other in circles.

The wipers on the bus go
swish, swish, swish...

*Hold up your index fingers and move them
from side to side like windscreen wipers.*

The horn on the bus goes
beep, beep, beep...

Pretend to press a horn as you say 'beep'.

The people on the bus go
chat, chat, chat...

*Touch your thumb to the tips of your fingers and
open and close like two chattering mouths.*

The children on the bus bump
up and down...

Stand up and sit down quickly.

Twinkle, Twinkle Little Star

Twinkle, twinkle, little star,
How I wonder what you are!
Up above the world so high,
Like a diamond in the sky.
Twinkle, twinkle, little star,
How I wonder what you are!

Now sing it again with the actions!

Twinkle, twinkle, little star,
How I wonder what you are!

Open and close your hands to 'twinkle'.

Up above the world so high,
Like a diamond in the sky.

Point to the sky.

Twinkle, twinkle, little star,
How I wonder what you are!

Open and close your hands to 'twinkle'.

Counting Rhymes

Round and Round the Garden

Round and round the garden
Like a teddy bear.
One step, two steps,
Tickle you under there.
Let's sing it again with the actions!

Round and round the garden
Like a teddy bear.
Trace a circle with your finger on the palm of your child's hand.

One step, two steps,
Walk your index finger and second finger up your child's arm.

Tickle you under there,
Tickle your child under the arm.

This Little Piggy

This little piggy went to market;
And this little piggy stayed at home;
This little piggy had roast beef;
And this little piggy had none;
And this little piggy cried,
"Wee, wee, wee, wee, wee,"
All the way home.

Now sing it again with the actions!

This little piggy went
to market;
Wiggle your child's big toe.

And this little piggy
stayed at home;
Wiggle your child's next toe.

This little piggy had
roast beef;
Wiggle your child's middle toe.

And this little piggy
had none;
Wiggle your child's next toe.

And this little
piggy cried,
*Wiggle your child's little toe then
run your fingers up and tickle them
under the arm.*

"Wee, wee, wee, wee, wee,"

All the way home.

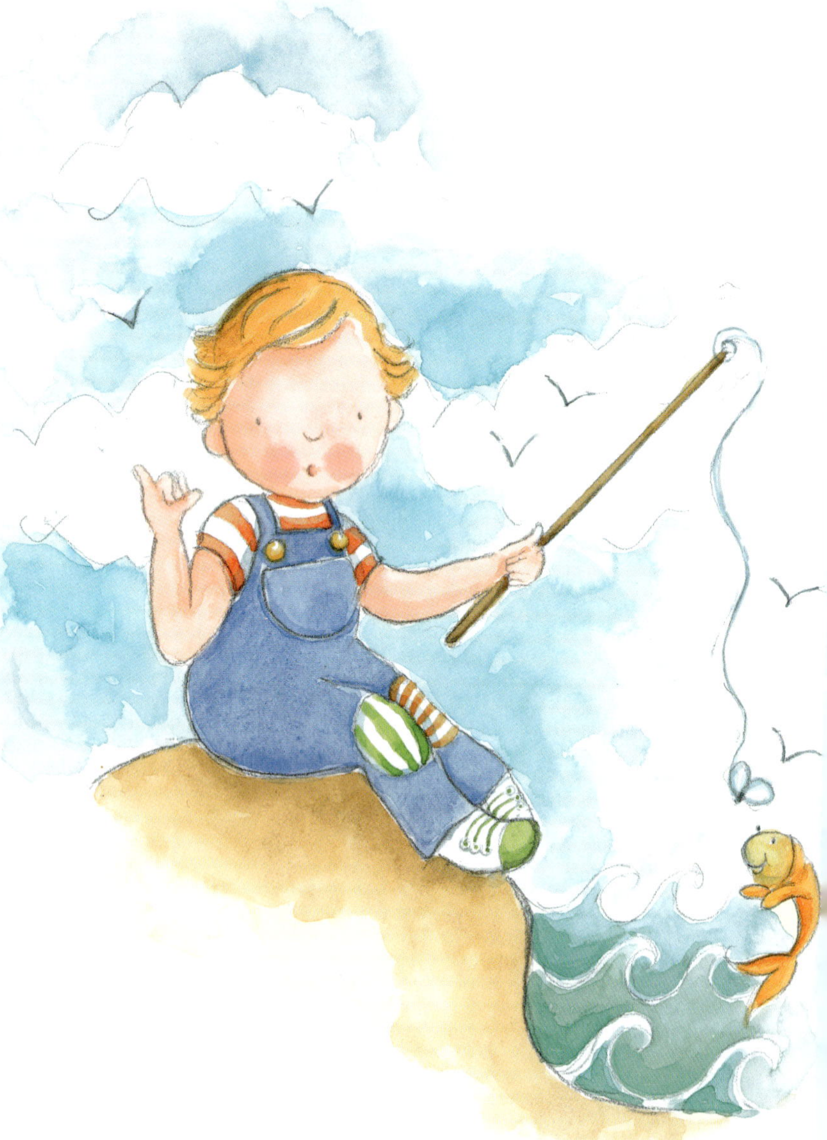

One, Two, Three, Four, Five

One, two, three, four, five;
Once I caught a fish alive.
Six, seven, eight, nine, ten;
Then I let it go again.
"Why did you let it go?"
Because it bit my finger so.
"Which finger did it bite?"
This little finger on the right.

Three Blind Mice

Three blind mice,
Three blind mice;
See how they run,
See how they run!
They all ran after
The farmer's wife,
Who cut off their tails
With a carving knife.
Did you ever hear
Such a thing in your life
As three blind mice,
Three blind mice,
Three blind mice,
Three blind mice?

47

Three Little Kittens

The three little kittens
They lost their mittens,
And they began to cry,
"Oh mother dear, we sadly fear
That we have lost our mittens."

"What, lost your mittens?
You naughty kittens!
Then you shall have no pie."
"Miaow, miaow, miaow, miaow,"
"No, you shall have no pie."

The three little kittens
They found their mittens,
And they began to cry,
"Oh mother dear, see here, see here,
For we have found our mittens."

"Put on your mittens
You silly kittens!
And you shall have some pie."
"Purr, purr, purr, purr,
Oh let us have some pie."

The three little kittens
Put on their mittens,
And soon ate up their pie;
"Oh, mother dear,
We greatly fear
That we have soiled our mittens."

"What, soiled your mittens?
You naughty kittens!"
Then they began to sigh,
"Miaow, miaow, miaow, miaow."
Then they began to sigh.

The three little kittens,
They washed their mittens,
And hung them out to dry;
"Oh mother dear,
Do you not hear
That we have washed our mittens."

"What, washed your mittens?
Then you're good kittens.
But I smell a rat close by!"
"Miaow, miaow, miaow, miaow,
We smell a rat close by."

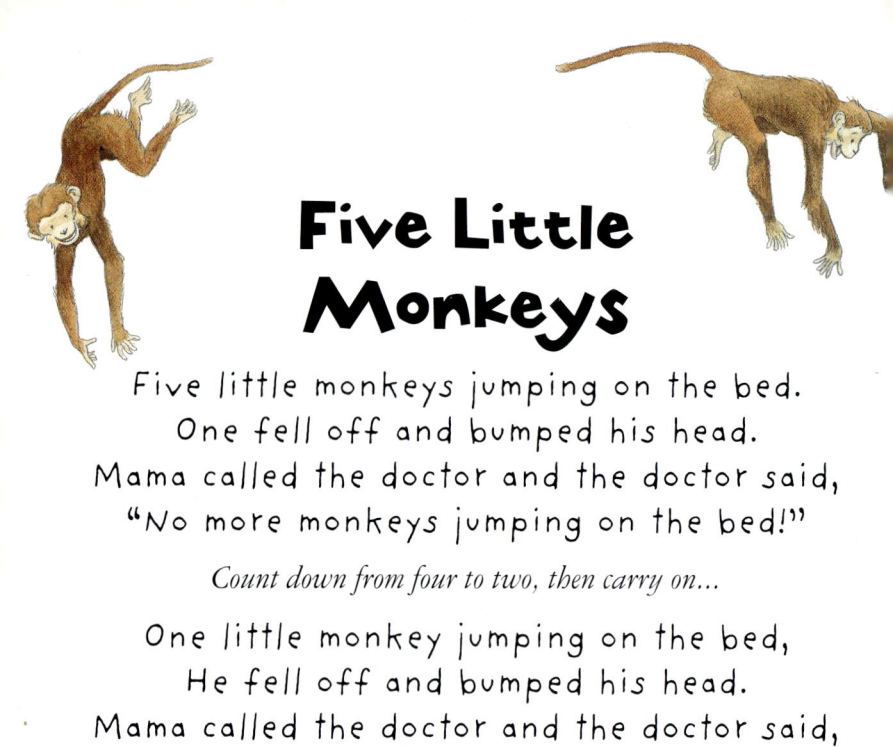

Five Little Monkeys

Five little monkeys jumping on the bed.
One fell off and bumped his head.
Mama called the doctor and the doctor said,
"No more monkeys jumping on the bed!"

Count down from four to two, then carry on...

One little monkey jumping on the bed,
He fell off and bumped his head.
Mama called the doctor and the doctor said,
"No more monkeys jumping on the bed!"

Five little monkeys...

Hold up five fingers and move your hand up and down.

...and bumped his head...

Tap your head with one hand.

Mama called the doctor...

Pretend to phone the doctor.

No more monkeys...

Point your index finger and wag it from side to side as if scolding.

Five Little Ducks

Five little ducks went swimming one day
Hold up four fingers and one thumb.

Over the pond and far away.
Wiggle your hand up and down like a wave.

Mother duck said, "Quack, quack, quack!"
*Touch your thumb to the tips of your fingers
and open and close like a quacking beak.*

But only four little ducks came back.
Hold up four fingers.

Count down from four to two, then carry on...

One little duck went swimming one day
Hold up one finger.

Over the pond and far away.
Wiggle your hand up and down like a wave.

Mother duck said, "Quack, quack, quack!"
Touch your thumb to the tips of your fingers and open and close like a quacking beak.

But no little ducks came swimming back.
Hold the palms of your hands up in front of you.

No little ducks went swimming one day
Hold the palms of your hands up in front of you.

Over the pond and far away.
Wiggle your hand up and down like a wave.

Mother duck said, "Quack, quack, quack!"
Touch your thumb to the tips of your fingers and open and close like a quacking beak.

And five little ducks came swimming back.
Hold up four fingers and one thumb.

How Many Miles?

How many miles to Babylon?
"Three score miles and ten."
Can I get there by candlelight?
"Yes, and back again.
If your heels are nimble and light,
You may get there by candlelight."

Let's sing it again!

Animal Songs

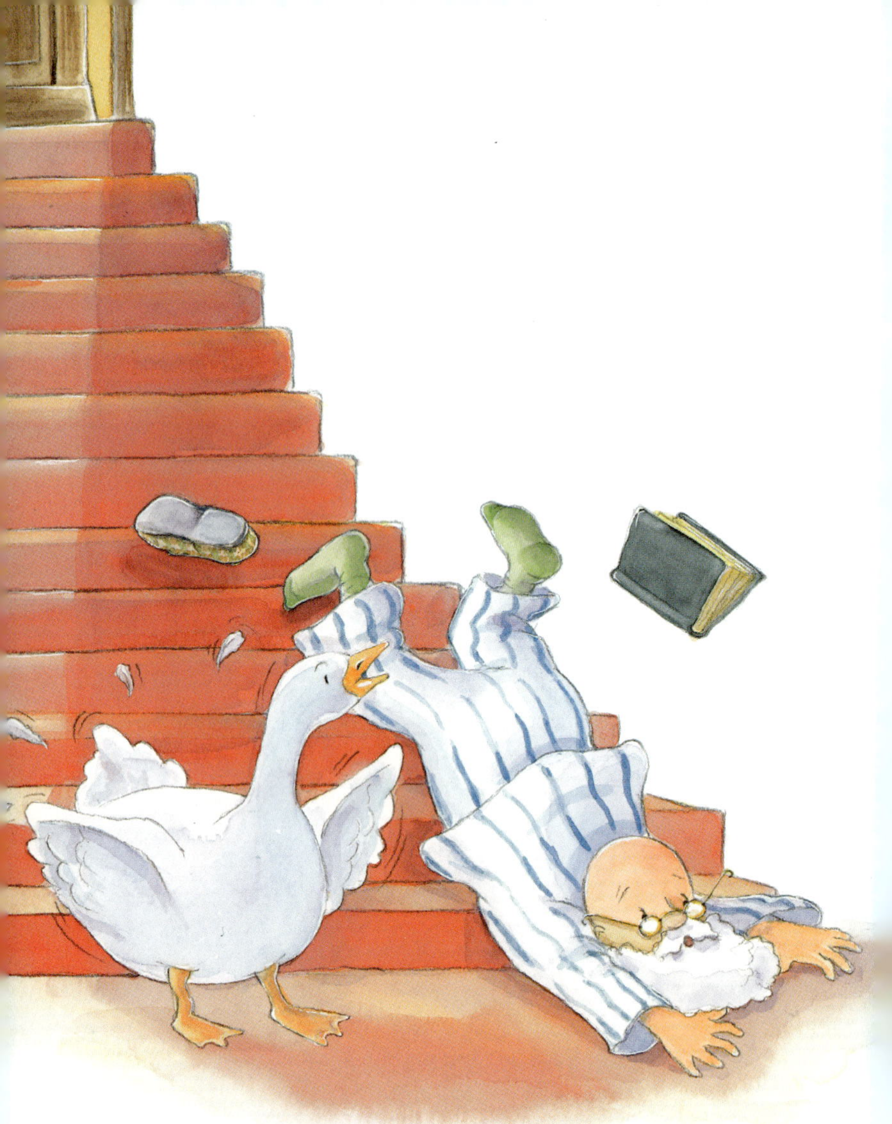

Goosey, Goosey Gander

Goosey, goosey gander,
Whither shall I wander?
Upstairs and downstairs
And in my lady's chamber.

There I met an old man
Who would not say his prayers,
So I took him by the left leg
And threw him down the stairs.

Let's sing it again!

Cluck, Cluck, Cluck

Cluck, cluck, cluck, cluck, cluck!
Good morning, Mrs Hen.
How many chickens have you got?
"Madam I've got ten.
Four of them are yellow,
And four of them are brown,
Two of them are speckled red,
The nicest in the town."

Cluck, cluck, cluck, cluck, cluck!
Good morning, Mrs Hen.
How many chickens have you got?
"Madam I've got ten."

Mary Had a Little Lamb

Mary had a little lamb,
Its fleece was white as snow,
And everywhere that Mary went,
The lamb was sure to go.

It followed her to school one day,
that was against the rule.
It made the children laugh and play
To see a lamb in school.

Mary had a little lamb,
Its fleece was white as snow,
And everywhere that Mary went,
The lamb was sure to go.

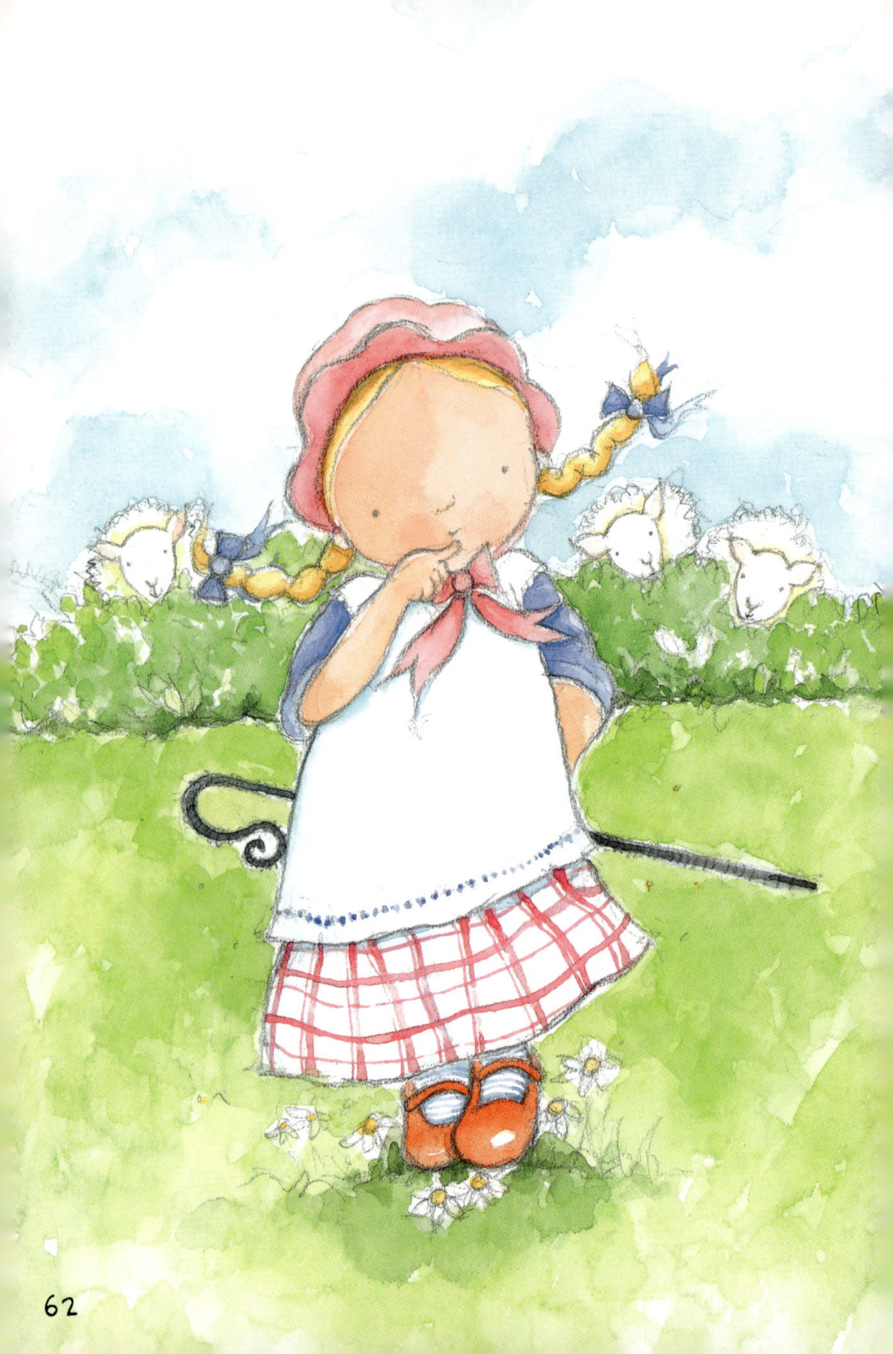

Little Bo Peep

Little Bo Peep has lost her sheep
And doesn't know where to find them.
Leave them alone
And they'll come home,
Bringing their tails behind them.
Leave them alone
And they'll come home,
Bringing their tails behind them.

Hickory Dickory Dock

Hickory dickory dock,
The mouse ran up the clock;
The clock struck one,
The mouse ran down,
Hickory dickory dock.

Let's sing it again!

65

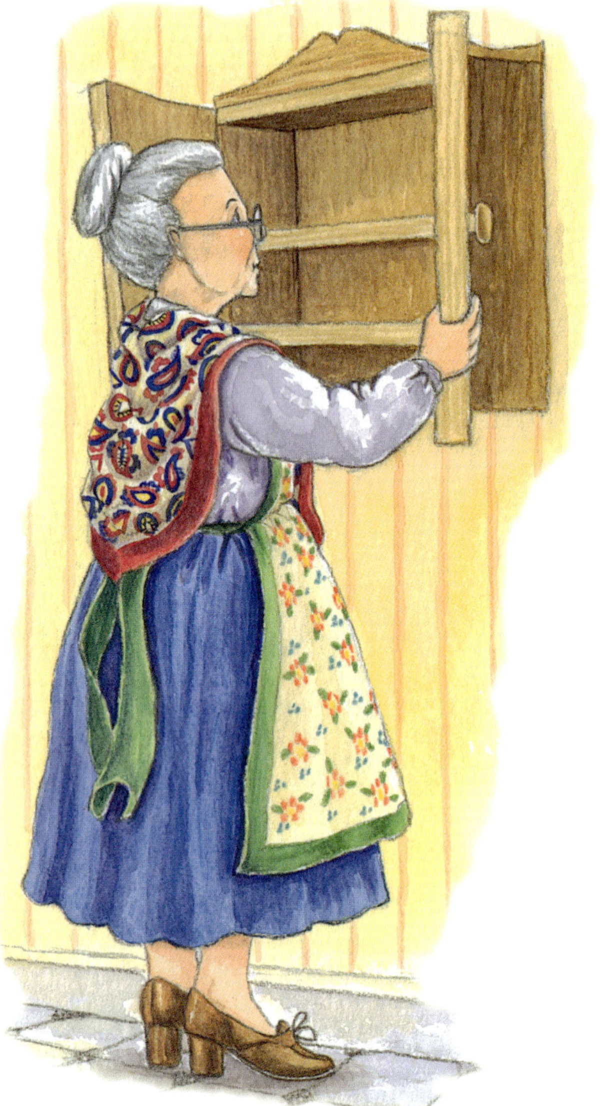

Old Mother Hubbard

Old Mother Hubbard
Went to the cupboard
To fetch her poor dog a bone;
But when she got there
The cupboard was bare,
And so the poor dog had none.

Let's sing it again!

Baa, Baa, Black Sheep

Baa, baa, black sheep,
Have you any wool?
"Yes sir, yes sir,
Three bags full;
One for the master,
And one for the dame,
And one for the little boy
Who lives down the lane."

Let's sing it again!

Pussycat, Pussycat

Pussycat, pussycat,
Where have you been?
"I've been to London
To see the Queen."
Pussycat, pussycat,
What did you there?
"I frightened a little mouse
Under her chair."

Let's sing it again!

Bedtime Rhymes

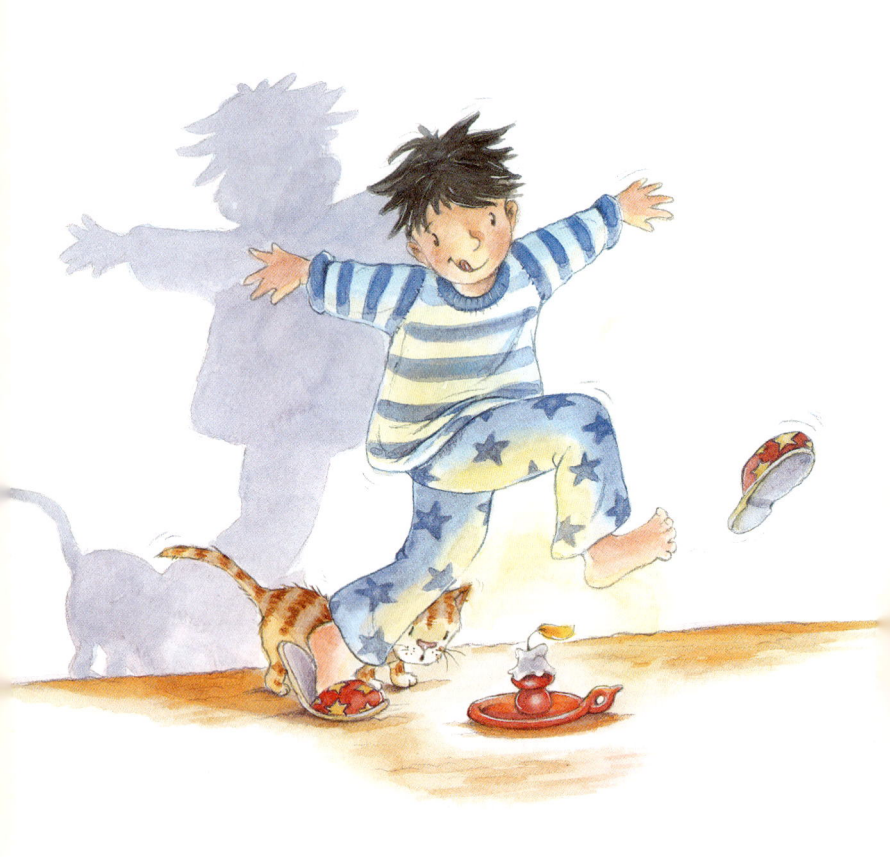

Jack Be Nimble

Jack be nimble,
And Jack be quick,
And Jack jump over
The candlestick.

Let's sing it again!

Hush-a-Bye Baby

Hush-a-bye baby
On the treetops;
When the wind blows,
The cradle will rock;
When the bough breaks,
The cradle will fall;
Down will come baby,
Cradle and all.

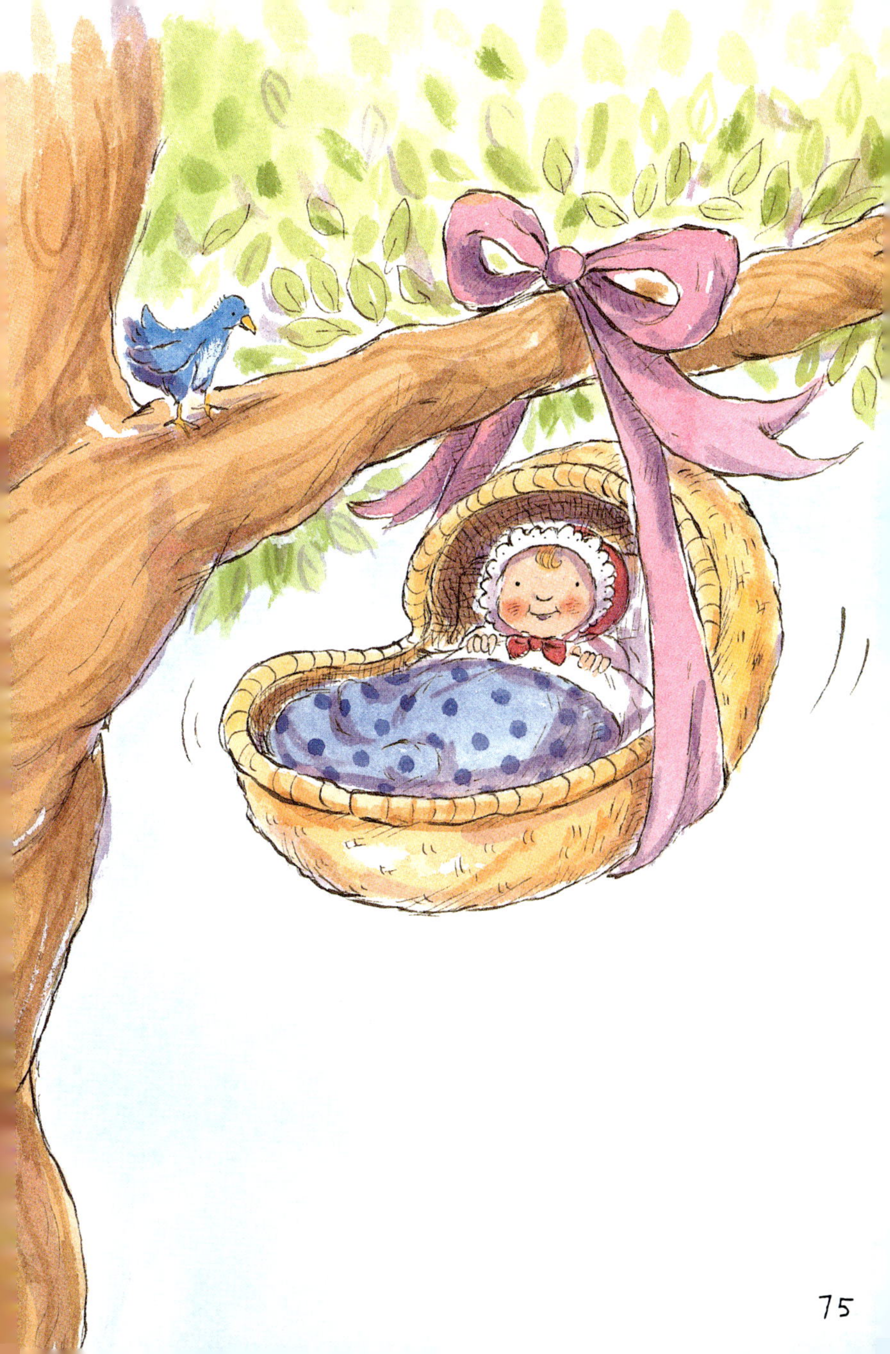

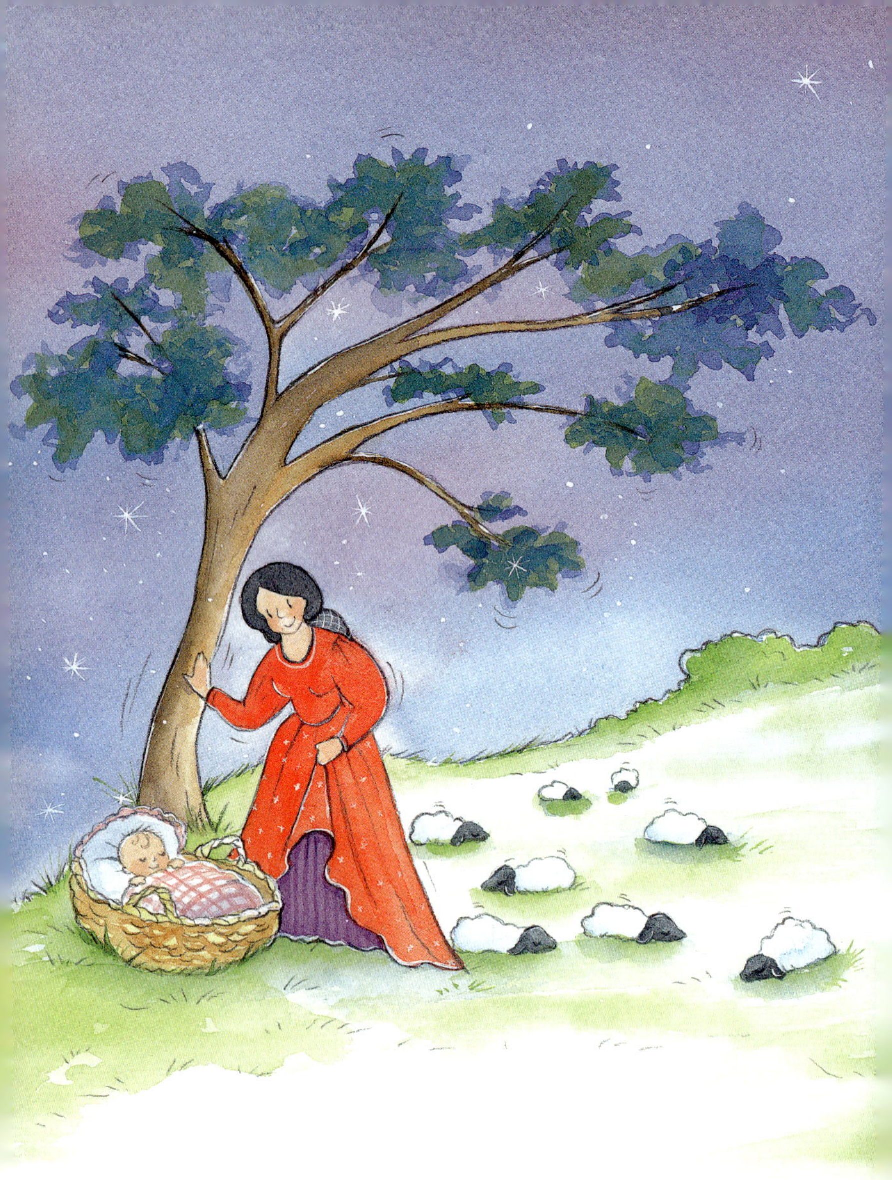

Sleep, Baby, Sleep

Sleep, baby, sleep;
Your father tends the sheep,
Your mother shakes the dreamland tree,
And from it fall sweet dreams for thee;
Sleep, baby, sleep;
Sleep, baby, sleep.

Sleep, baby, sleep;
Our cottage vale is deep;
The little lamb is on the green
With snowy fleece so soft and clean;
Sleep, baby, sleep;
Sleep, baby, sleep.

Let's sing it again!

Boys and Girls

Boys and girls come out to play,
The moon doth shine as bright as day.
Leave your supper and leave your sleep,
And join your playfellows in the street.

Come with a whoop
and come with a call,
Come with a good will or not at all.
Up the ladder and down the wall,
A halfpenny loaf will serve us all.
You find milk, and I'll find flour,
And we'll have a pudding in half an hour.

The Man in the Moon

The man in the moon
Looked out of the moon,
Looked out of the moon and said,
" 'Tis time for all children on the Earth
To think about getting to bed!"

Let's sing it again!

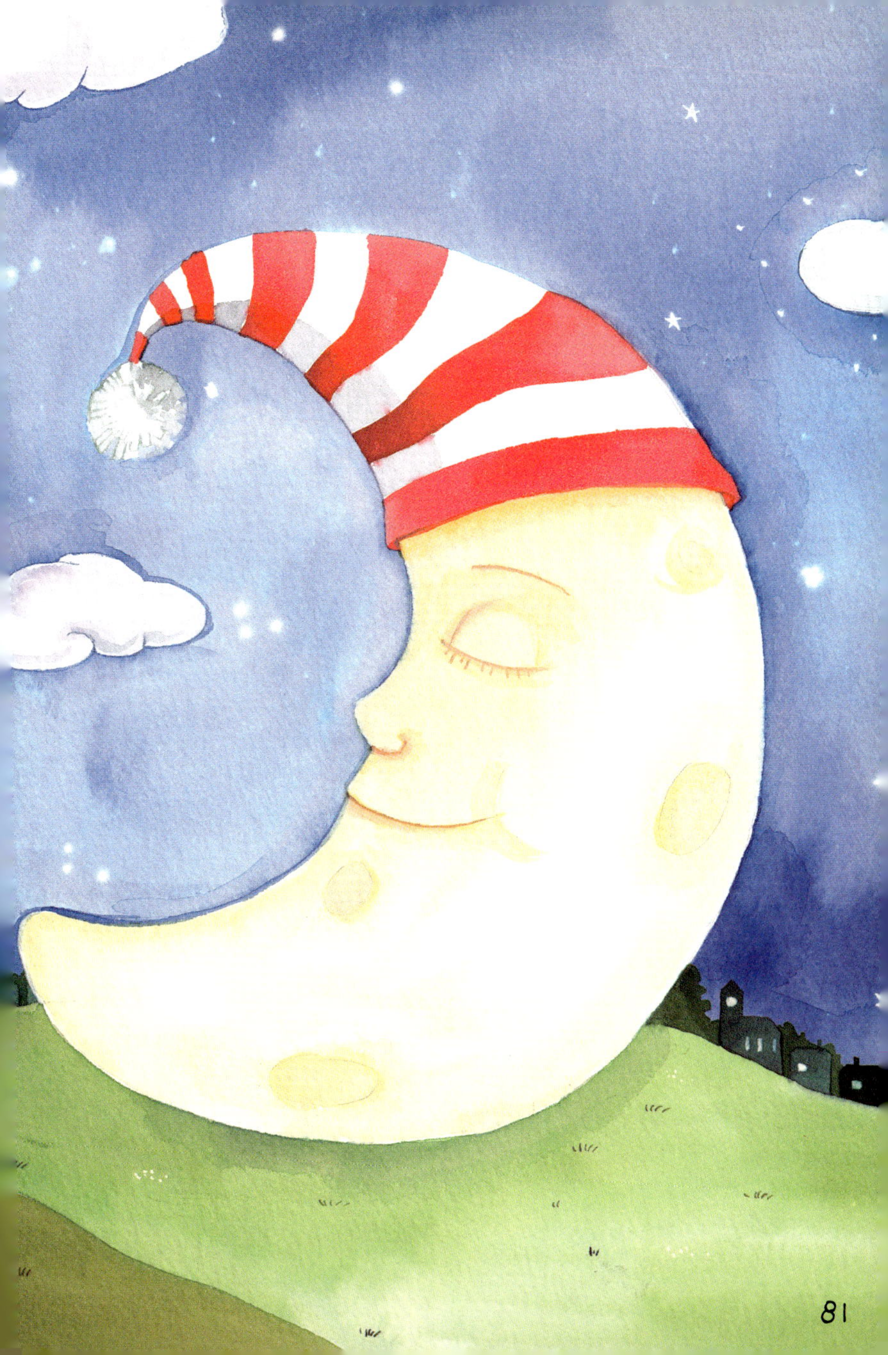

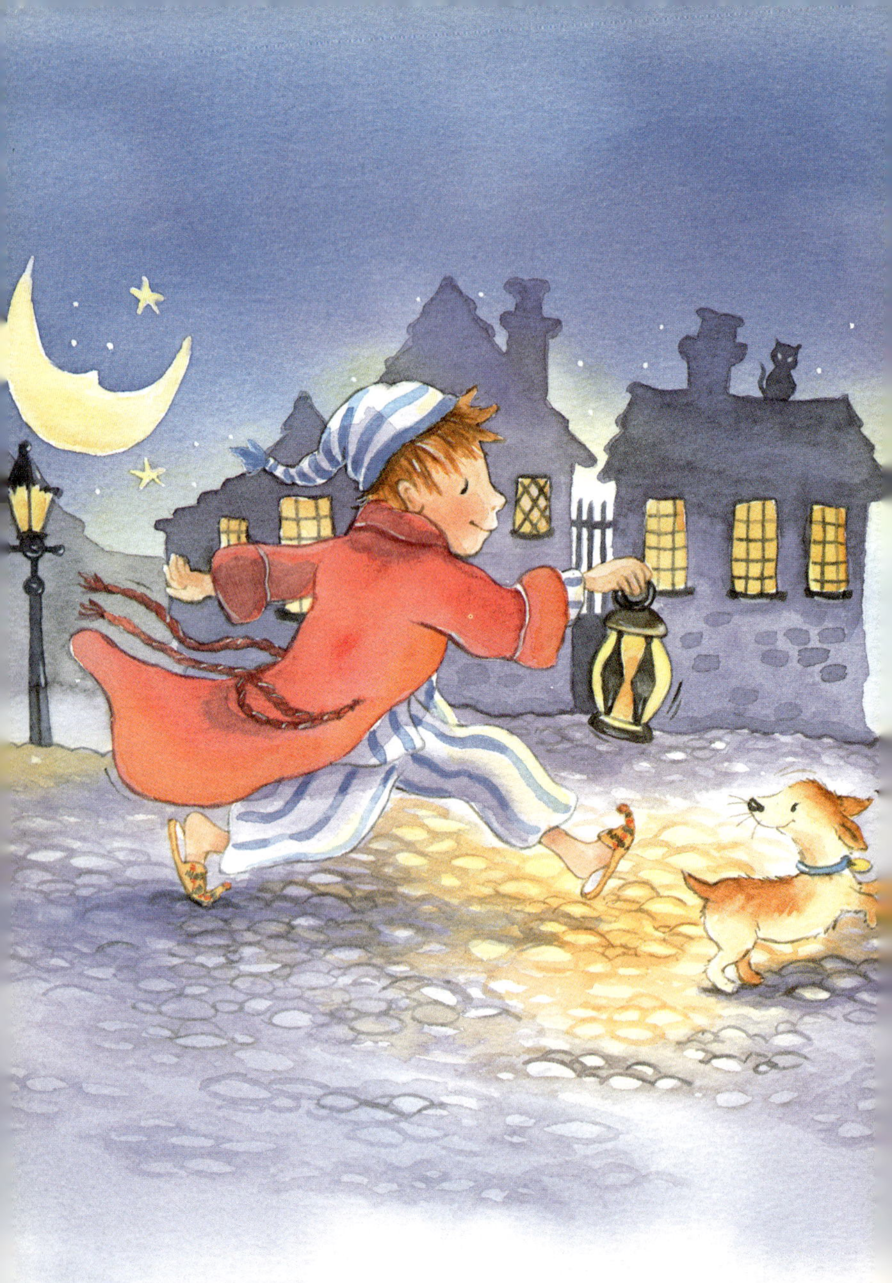

Wee Willie Winkie

Wee Willie Winkie
Runs through the town,
Upstairs and downstairs
In his nightgown.
Rapping at the window,
Crying through the lock,
"Are all the children
In their beds?
For now it's eight o'clock."

Let's sing it again!

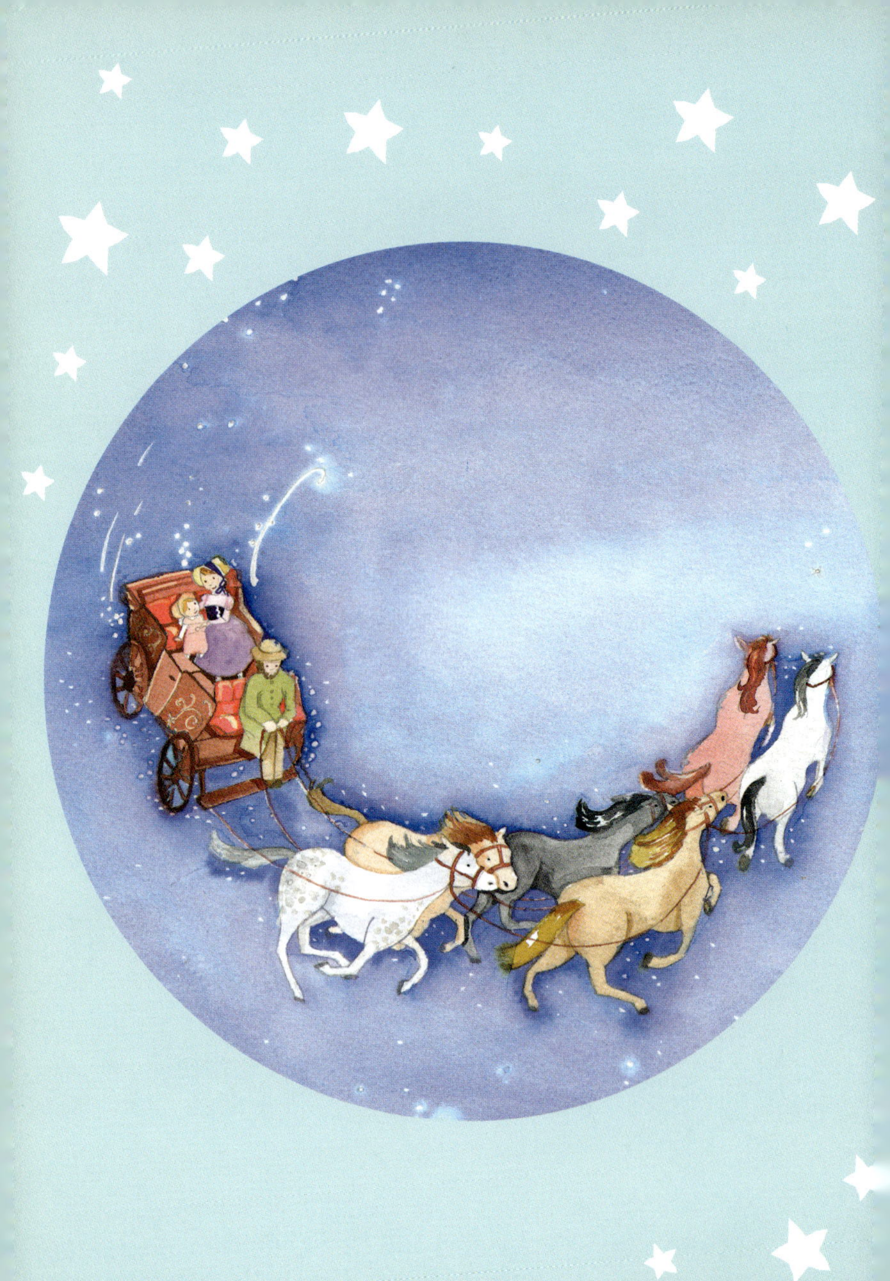

All the Pretty Little Horses

Hush-a-bye, don't you cry,
Go to sleep, my little baby.
When you wake you'll have cake
And all the pretty little horses.
Blacks and bays, dapple greys,
Coach and six white horses.
Hush-a-bye, don't you cry,
Go to sleep, my little baby.

Golden Slumber

Golden slumber kiss your eyes,
Smiles await you when you rise.
Sleep, pretty baby, do not cry,
And I will sing a lullaby.

Care you know not, therefore sleep
While I o'er you watch do keep.
Sleep pretty darling, do not cry,
And I will sing a lullaby.

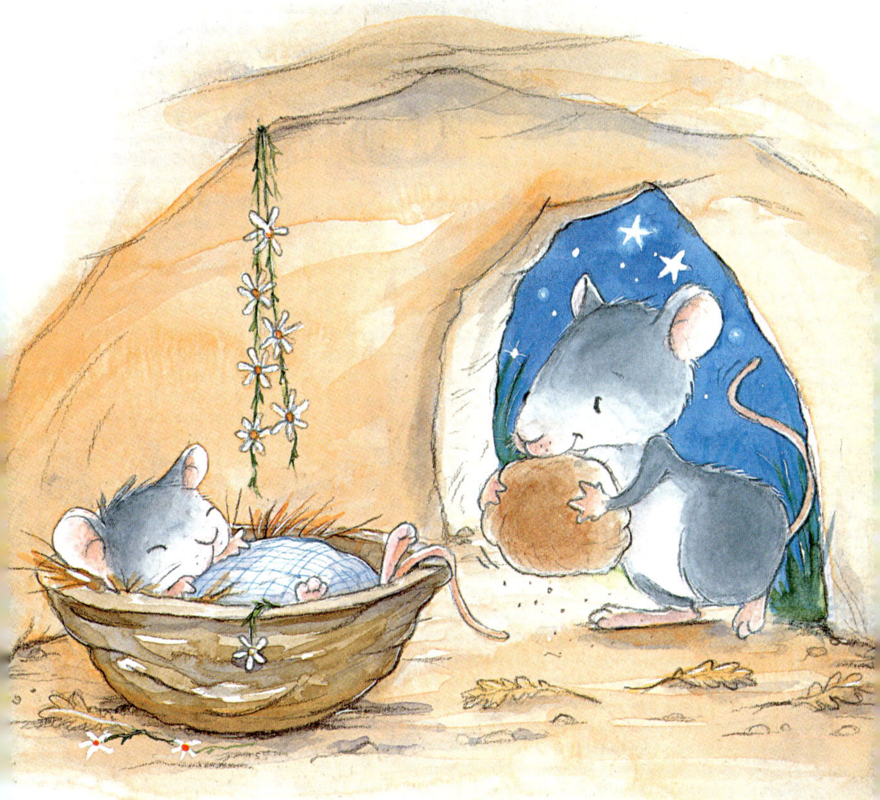

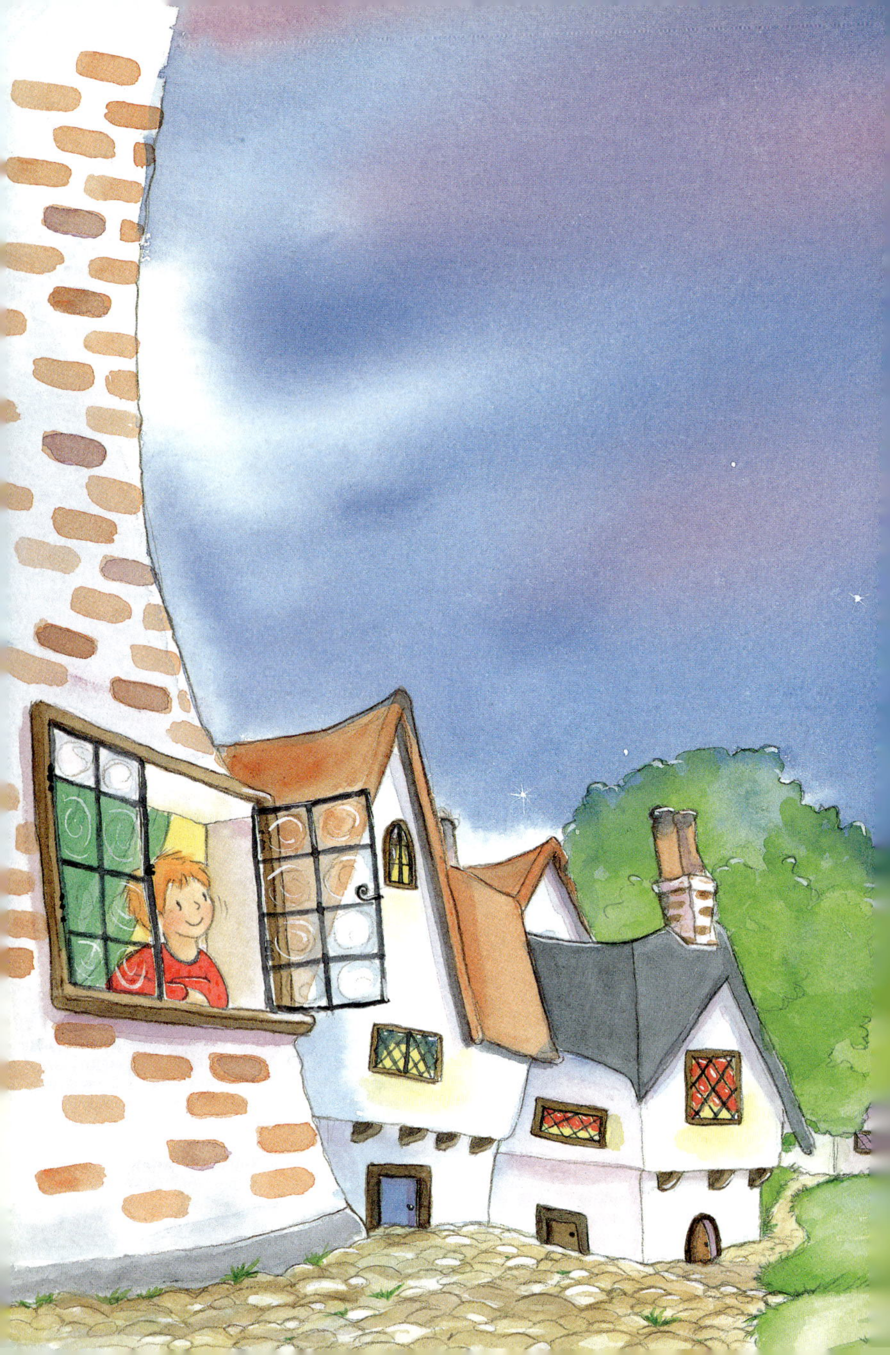

Starlight, Starbright

Starlight, starbright,
First star I see tonight,
I wish I may, I wish I might,
Have the wish I wish tonight.

Let's sing it again!

I See the Moon

I see the moon,
And the moon sees me.
God bless the moon,
And God bless me.

Let's sing it again!

Index of first lines

An elephant goes like this and that 30
Baa, baa, black sheep 68
Boys and girls come out to play 78
Cluck, cluck, cluck, cluck, cluck 58
Five little ducks went swimming one day .. 52
Five little monkeys jumping on the bed 50
Golden slumber kiss your eyes 86
Goosey, goosey gander 57
Here we go round the mulberry bush 34
Hey diddle diddle 13
Hickory dickory dock 64
How many miles to Babylon? 54
Humpty Dumpty sat on a wall 22
Hush-a-bye baby 74
Hush-a-bye, don't you cry 85

Incy Wincy Spider.. 28
I see the moon 90
Jack and Jill went up the hill..................... 14
Jack be nimble 73
Little Bo Peep has lost her sheep.............. 63
Little Miss Muffet.. 19
Mary had a little lamb 60
Old Mother Hubbard..................................... 67
One, two, three, four, five 45
Polly put the kettle on................................ 10
Pussycat, pussycat.. 70
Ring-a-ring o'roses.. 8
Round and round the garden...................... 40
Row, row, row your boat 26

Sing a song of sixpence 16
Sleep, baby, sleep 77
Starlight, starbright 89
Teddy bear, teddy bear 24
The man in the moon 80
The three little kittens 48
The wheels on the bus go round and round 37
There was an old woman 20
This little piggy went to market 42
Three blind mice 46
Twinkle, twinkle little star 38
Wee Willie Winkie 83
Where is Thumbkin, where is Thumbkin? .. 32

List of CD tracks

1	Ring-a-Ring O'Roses	1:06
2	Polly Put the Kettle On	0:43
3	Hey Diddle Diddle	1:32
4	Jack and Jill	1:46
5	Sing a Song of Sixpence	1:10
6	Little Miss Muffet	1:24
7	There Was an Old Woman	1:45
8	Humpty Dumpty	1:20
9	Teddy Bear, Teddy Bear	1:51
10	Row, Row, Row Your Boat	1:16
11	Incy Wincy Spider	1:43
12	An Elephant Goes	1:36
13	Where is Thumbkin?	1:06
14	Mulberry Bush	1:00
15	The Wheels on the Bus	2:16
16	Twinkle, Twinkle Little Star	1:48
17	Round and Round the Garden	0:48
18	This Little Piggy	1:10
19	One, Two, Three, Four, Five	0:36
20	Three Blind Mice	0:42
21	Three Little Kittens	1:50

22	Five Little Monkeys	2:11
23	Five Little Ducks	1:44
24	How Many Miles?	1:10
25	Goosey, Goosey Gander	0:44
26	Cluck, Cluck, Cluck	0:46
27	Mary Had a Little Lamb	1:06
28	Little Bo Peep	0:46
29	Hickory Dickory Dock	0:54
30	Old Mother Hubbard	0:53
31	Baa, Baa, Black Sheep	1:14
32	Pussycat, Pussycat	0:54
33	Jack Be Nimble	0:56
34	Hush-a-Bye Baby	0:58
35	Sleep, Baby, Sleep	2:13
36	Boys and Girls	1:08
37	The Man in the Moon	1:28
38	Wee Willie Winkie	1:36
39	All the Pretty Little Horses	2:18
40	Golden Slumber	1:31
41	Starlight, Starbright	0:56
42	I See the Moon	1:20

The end